KEITAI
SHOUSETSU
BUNKO
野いちご SINCE 2009

好きになれよ、俺のこと。

SELEN

STARTS
スターツ出版株式会社

カバー・本文イラスト／加々見絵里

「俺と友達になってよ」
　高校一イケメンの遊び人から
　ある日お友達になろうなんてお誘い──？

　しかも……
「お前にひなちゃんはやらねーよ。俺のお気に入りだから」
　なぜか、彼のお気に入りになっちゃった!?

　女好きなくせに……
「もう、ひなちゃんしか見えてねぇし」
「アイツじゃなくて、俺だけを見ろよ」
「これ以上煽(あお)ったら、襲(おそ)うよ？」
「理性保(たも)ってるこっちの身にもなれよ……」
　甘い言葉で、私の心を揺(ゆ)さぶるんだ──。

　まっすぐでちょっぴり強引な彼の愛情表現に、
　心臓(しんぞう)が壊れそうです……。

　だけど……
　彼には、ある大きなヒミツがありました──。

contents

俺と友達になってよ	9
俺のお気に入りだから	25
この子に手ェ出したら、許さねぇから	45
俺のそばから離れないで……	59
理性保ってるこっちの身にもなれよ	75
ひなちゃんしか見えてない	107
たぶん、一生好き	143
ぜったい俺が守るから	159
好きになれよ、俺のこと	179
だれよりも、一番そばで	209
大人になったら	215

俺だけの一等星【叶翔side】

キミを守る	230
出会い	233
気づいてしまった気持ち	246
本気の恋だから	252
キミから"俺"が消えた日	260
決意	269
『はじめまして』	274
もう一度繋がった心	276

書籍限定番外編
俺のことだけ見てろよ

キミと、ケンカ【陽向side】	280
仲直りの方法、模索中【叶翔side】	284
持久走大会で、キミは【陽向side】	288
その瞳に映るのは【叶翔side】	301

あとがき	308

☆
☆ ☆
☆

俺と友達になってよ

たぶんね
生まれかわっても
キミが好き

「……好きです。入学したときから安堂くんのことが好きでした。付き合ってください……！」
「……ごめんね」
　学校の体育館裏で告白する同い年くらいの女子と、それを断るキャラメル色の髪の男子。
　そして、その光景を見て固まる私。
　ま、ま、ま、まずい……。
　高校１年生の４月も後半にさしかかろうという頃。
　私、飛鳥陽向は、告白現場に遭遇しちゃいました……！
　もともと、なにをするにしてもタイミングの悪い私。
　なんてったって、高校の入学式直前に交通事故に遭い、２週間入院していて、昨日が登校初日だったのだから。
　入学式には出られないし、クラスメイトはもう学校になじんでいるしで、なかなか困難な高校生活の始まりだった。
　そして、今は昼休み。時間があるから、学校探検でもしようかなぁなんて、校内をブラブラしていたら体育館の裏で告白現場に遭遇してしまったというわけなのです。
　なんてバッドタイミング……。
　とりあえず早くこの場から立ち去らなきゃ、と一歩あとずさりしたとき。
「わかった……。聞いてくれてありがとう……」
　男の子にそう告げた女の子が、こちらに向かって走ってくる。
　ま、まずい……！
　ここにいたら見られちゃう！

盗み聞きをしていたと誤解されてしまうであろうこの状況に、あわてて壁に身を隠す。

と、隠れた次の瞬間、泣きながら横を走りすぎる女の子を見てしまう。

わ……。

一瞬しか見えなかったけど、お人形さんみたいに可愛い子だぁ……。

でもあの子は今、告白が叶わなかったわけで。

あんなに可愛い子がフラれるなんて、私なんかぜったい、彼氏できずに卒業だよ……。

もしかしたら、一生彼氏なんかとは縁のない人生を歩んでいくのかも……。

女の子の走りゆく姿を見ながら、自分の行く末に頭をかかえてしゃがみ込んでいると、ふいに日差しが遮られたかのように視界がぼんやりと暗くなった。

ほぇ……？

顔をあげて、私は思わず絶句してしまう。

「……っ!?」

な、な、な、なーっ!?

こんなふうにパニック状態になっちゃうのは、当然だと思う。

だって、ありえないくらいカッコいい男子が目の前にしゃがみ込んで、私の顔をのぞき込んでいたのだから。

……あっ！

さっきは後ろ姿しか見えなかったけど、このキャラメル

色のキレイな髪は、まちがいない。さっきあんなに可愛い女の子をフッてた人だ……！

　まっ白な肌、黒目がちの大きな瞳、スッとおった鼻筋、血色のいいキレイな唇。

　風にのって鼻をくすぐる甘い香りは、目の前の彼から漂ってくる。

　そんな、どこからどう見ても完璧すぎるイケメンさんが、ニコッと笑った。

「はじめまして」

「は、は、はじめまして……」

　私に向けられた笑顔は、まるで絵本の中の王子様みたいで。

　こんなにカッコいい人、初めて見た。

　それに対して私なんか、緊張と驚きで噛みまくり……っ。

「俺の名前は安堂叶翔。キミの名前は？」

　すごく甘い声で、彼——安堂くんはそう聞いてきた。

「わ、私は、飛鳥陽向です……っ」

「んー、じゃあ『ひなちゃん』って呼ぼうかな」

「ひ、ひなちゃん、ですかっ？」

　突然の"ちゃん付け"の呼び方に目をぱちくりさせると、とまどいを察したのか、安堂くんがポンと私の頭の上に手を置いた。

「そんな簡単に呼びすてにできねぇよ」

　腕の影になって、安堂くんの表情をうかがい知ることはできないけど。

　呼びすてはダメで、ちゃん付けならオーケーだなんて、

安堂くんの線引きって不思議だなぁ。
「まぁそんなことより、よろしく、ひなちゃん」
　そう言った安堂くんは、またさっきの王子様スマイルを浮かべていて。
「は、はい、よろしくお願いします……」
　反射的に返事しちゃったけど、なんだか安堂くんのペースにすっかり巻き込まれてる気がする。
　っていうか、よく見たら安堂くん、すっごくチャラチャラしてるよ？
　制服は着くずしてるし、キャラメル色の髪も染めているんだろうし。
　地味に生きてきた私とは住む世界がちがうっていうか、こういうチャラチャラした人、ちょっと苦手……。
　それにこの人、さっきあんな可愛い女の子をフッてたのに、私なんかになんの用なんだろう？
　ま、まさか……恐喝ってやつですかっ!?
「ふっ、なんて顔してんだよ」
　おそろしい想像にアワアワしていると、頭上から笑い声が降ってきた。
「へ……？　そんなすごい顔してました？」
「してた。っつうか、こんなとこでなにしてたの？」
　な、なにしてたって!?
『告白を聞いてしまいました』なんて、そんなこと本人の前で言えないし……。
　だけど……ここは謝るべきだよね？

故意じゃなかったとはいえ、わるいことをしちゃったことには変わりはないもの。
「ご、ごめんなさい……」
泣きそうになりながらいきなり頭を下げた私に、安堂くんが驚いているのが、頭をあげなくてもわかる。
「は？ なんでひなちゃんが謝ってんだよ」
「だ、だって……」
「あー、そういうこと」
安堂くんは、察してくれたみたい。
「プライバシーの侵害、ですよね……」
告白なんて人生の大勝負、私だったらだれかに見られたくないもん……。
私ったら、なんてタイミングわるいんだろう……。
がっくりうなだれていると、いきなりおでこにツンとした痛みが走った。
へっ……？
それが安堂くんにデコピンされた痛みだと気がつくのに、時間はかからなかった。
「……っ!!」
いきなりのデコピンにまっ赤になった私の顔を、目の前の安堂くんが、のぞき込む。
「ふーん、そんなに気にするんだ。じゃあ、俺のお願い聞いてくれたら、盗み聞きのことはナシにしてやるよ」
「お願い……？ もちろんですっ。私にできることなら！」
飛鳥陽向、どんな償いでも背負ってみせます!!

「……じゃあ、俺と友達になってよ」
「え……？　友、達……？」
　『俺のパシリになれ』とでも言われそうな雰囲気だったのに、まさかの友達……？
　なんで、私なんかと？
　思ってもみなかった安堂くんの言葉に、思わずポカンと口を開ける私。
「俺、ひなちゃんのこと知りたいし、ひなちゃんにも俺のこと知ってもらいたいんだけど」
　まっすぐにこちらに向けられた瞳が、私の心を捉える。
　ドキッ……。
　心臓がものすごい速さで脈を打つ。
　そのキレイすぎる目は反則ですっ……！
「……ダメ？」
「ダ、ダメじゃないです……」
　思わず口をついて出た言葉。
　すると、安堂くんが眉を下げて笑った。
　その笑顔は、優しさに満ちあふれていて。
　……こんな風に笑う人なんだ。
　私なんかと友達になるってだけで、こんなにも嬉しそうに笑ってくれるなんて。
　見た目のチャラさから、わるい人かと思ってたけど、もしかしたら、そうじゃないのかもしれないな。
「さんきゅ。じゃあ……まず、友達なんだし連絡先交換しよ？」

「は、はい……！」
　ポケットから、つい最近買ったばかりのスマホを取り出す。
　ずっと使っていたスマホは、交通事故のときに壊れちゃったんだ。
　新しくなったせいで、登録されている連絡先は数少なくて。
　そこに安堂くんが加わるなんて、ちょっと嬉しいなぁ。
　連絡先の交換が完了すると、スマホに視線を落とした安堂くんがふっと笑った。
「ん。どんなことでもいいから、連絡しろよ？」
「はい……っ」
　そう答えたとき、チャイムが鳴った。
　午後の授業開始の予鈴だ。
「そろそろ戻らなきゃですね」
　そう言って校舎の方に戻ろうとして立ち上がった私の手を、安堂くんがにぎった。
「……っ？」
　ななっ……!?
　なんで安堂くんに手をにぎられてるの……!?
　いきなりのことに心臓が跳ねあがり、体がかちこちに固まる。
「あのさ、俺ら友達なんだから、敬語使うの禁止」
「へ？」
　またも、安堂くんの思いもしない言葉に目を丸くする。
　そういえば、初対面だからって無意識のうちに敬語使ってたかも。

「わかった？」
　安堂くんが首をかしげ、下から私の目をのぞき込む。
　だからっ、その上目遣いは反則ですっ……！
　私はドキドキ鳴り響く鼓動を抑えながら、今出せる精いっぱいの声で答えた。
「うん……」
　すると、安堂くんは満足そうにニコッと笑った。
「よし。じゃ、またね」
「ま、またね……っ」
　ヒラヒラと手を振る安堂くんの目を直視できず、逃げるようにして教室へと向かう。
　廊下を歩きながらも、まだ心臓はバクバク音を立てている。
　はぁ、緊張した……。
　あんな少しの時間だったのに、心臓がおかしくなっちゃったみたい。こんなに鼓動が騒がしいのは初めてだもん。
　それにしても……。
　安堂くんは、なんで私なんかとお友達になろうって言ってくれたんだろう。
　謎が多いなぁ、安堂くんって……。

「え!?　あの安堂くんと友達になった!?」
　昼休みの騒がしい教室にも響きわたっちゃうんじゃないかってくらい大きな声で、玉城夏果——なっちゃんが叫んだ。
　自分のクラスに戻ってすぐ、私がさっき起こったことを

話したから。
「う、うん……」
　なっちゃんのあまりの驚き方に、私の方がビックリだよ。
「安堂くんって何者なんだろう……」
　一番の謎を口にすると、なっちゃんがぽんと手をたたいた。
「あっそうか！　陽向は、春休みに交通事故に遭って入院していたせいで、初登校が昨日になっちゃったから、あの有名な安堂くんのこともよく知らないのかぁ！」
「なっちゃん……」
　なっちゃんってば、私が入学前の春休みっていう絶妙すぎる時期に事故に遭ったことをからかって、ちょくちょくネタにしてくる。
　可愛い顔して、この小悪魔めぇ……。
「ごめんごめんって、そんなににらまないでょぉ！　安堂くんのこと教えてあげるからさっ」
「え、本当!?」
「もちろんよっ！　この夏果にまかせなさい！」
　なっちゃんが腕を組んで、ドヤ顔で笑う。
　私は思わず顔の前で両手を合わせて、神様でも拝むようにお礼を言っていた。
「ありがとう！」
　って、どうしてこんなに喜んでるんだろう……。
　なぜだか無意識のうちに安堂くんのこと知りたいって思ってる自分がいるの。
　なんでだろう……。

友達として、だよね……？
　モヤモヤと考え込む私のことなんてスルーして、なっちゃんは説明を始めた。
「じゃあさっそく。安堂叶翔くんは、1年5組。入学早々、この学校一のイケメンって呼ばれるようになったくらいのモテ男。もうファンクラブもあって、私が知っているだけでも20人くらいから告白されてるみたい」
「に、20人!?」
　まだ入学して2週間だけど、実際、今日だって告白されてたもんね……。
　しかもあんなに可愛い子に。
「でも、なぜか今のところ告白は全部断ってるみたいなんだよね」
「そうなんだ……」
　なんだか、想像以上にすごい人とお友達になっちゃったんだなぁ、私。
「あ、でもね、わるい噂もあって」
　わるい噂？
　首をかしげた私に、ずいっと顔を近づけたなっちゃんが眉間に皺を寄せて言った。
「中学の頃は、女遊びがめっちゃ激しかったんだって！不特定多数の女をたぶらかしてたらしいよ？」
「そ、そうなの……？」
　まわりに聞こえないよう小声で明かされた話に、なぜか言いようのないモヤモヤが心を覆う。

「いきなりパタリと女遊びしなくなったらしいけど、それでもやっぱりモテモテだから、女には困ってないだろうね」
　安堂くん……。
　今日会ったばかりで、彼のことはよく知らない。
　だけど、そんなわるい人には見えなかったのに……。
　そのとき、ピロロン♪とスマホの着信音が鳴った。
　ポケットからスマホを取り出し、ディスプレイを見ると『安堂叶翔』の文字。
　話をしていれば、安堂くんだ。
　さっきのなっちゃんの話が頭をよぎり、おそるおそるメールを開く。
『放課後、遊びに行かねぇ？』
「さっそくきたか……」
　一緒にスマホをのぞき込んだなっちゃんが、文面を見てそうつぶやく。
　話だけを聞くと、ちょっと怖い人。
　……だけど、安堂くんのことをいろいろ知った上で、人柄は判断したい。
　だって、友達だから。
　ちらっとなっちゃんの顔色をうかがうと、なっちゃんは私の気持ちを全部汲みとったようにため息をついて、それからにっこり笑った。
「……まぁ、しょうがない！　気をつけて行ってくるんだよ？　くれぐれも襲われたりしないよーにっ！」
「うんっ！」

言葉の後半の意味はよくわからなかったけど、了承を得られた私は嬉しくなって大きくうなずく。
「はぁ……。陽向は天然だから、余計にあぶないんだよね」
「え？　私、天然じゃないよ？」
「ほらほら」
　なぜだか、やれやれと言った感じで、なっちゃんが肩をすくめた。
　だけどすぐに、子どもを注意する先生みたいな厳しい顔に表情を切り替えるなっちゃん。
「それより、ぜったい暗くなる前に別れること。なにかあったらすぐ私のケータイに電話して！　それから、近くの交番の場所はちゃんと把握して、それで……」
　注意が止まらなくなってしまいそうな友人の手を、そっとにぎる。
「ふふ、大丈夫だよ。なにかあったら、すぐ連絡するから」
「まぁ、陽向がそう言うなら……」
　そう言いながらも、まだどこか不安げななっちゃん。
　こんなことを思ってしまうのは不謹慎かもしれないけど、なっちゃんが心配してくれていることが嬉しくもあるんだ。
　この高校には、私の出身中学校から来た人はほとんどいない。
　もちろん、このクラスに同じ中学の人はいないわけで。
　だからこそ、２週間遅れの入学で友達ができるか、入院している頃からずっと不安だった。
　だけど、休み時間になっちゃんが『私、あなたと友達に

なりたい！』って声をかけてくれて、そんな不安はあっという間に払拭（ふっしょく）されたんだ。
　昨日出会ったばかりなのに、もう友達。
　なっちゃんのおかげで、不安に感じていた高校生活が、イッキに明るくなった気がする。
　だからね、感謝してもしきれないくらい、なっちゃんには感謝してるの。
「なっちゃん、大好き!!」
「わっ！」
　私はスマホをにぎりしめ、なっちゃんに勢いよく抱きついた。

俺のお気に入りだから

キミに出会ったのは
偶然なんかじゃなくて、必然

それからあっという間に時間は過ぎて、放課後。
　なっちゃんは所属するハンドボール部の部活に行ってしまい、私はひとり教室で、スクールバッグに教科書やノートを詰めていた。
　私は入学が遅れたこともあって、タイミングを逃して部活には所属していないけど、そういえば安堂くんはなにか部活に入っているのかな。
　そんなことも、これからの時間で聞いてみたいなぁ。
　安堂くんと遊びに行くっていう約束があるから、じつはなんとなく授業中もドキドキしていたり。
　休み時間に数回交わしたメールで、待ち合わせ場所は校門前と決まっている。
　そういえば、遊びに行くって約束してるけど……いったいどこに行くんだろう。
　そんなことを考えながら、スクールバッグを手にして、校門に向かおうと教室を出たとき。
　——ドンッ！
　ちょうど廊下を歩いてきた人と衝突して、その衝撃で私は勢いよく尻餅をついてしまった。
「いたたた……」
「ごめん！　大丈夫!?　ケガはないっ!?」
「は、はい……」
　腰をさすりながらそう答え、顔をあげると、そこには焦ったような表情でかがんだ男子がいた。
　さらさらな黒い髪に、ぱっちりと大きい目。ほどよく日

焼けした肌が活発な印象を与える、そんな、カッコよくて爽やかな男の子。

　この人、たしか同じクラスの男子だったはず……。

　だけど、ごめんなさい！

　まだ全員のことを把握できてないから、お名前わからないです……っ。

「立てる？」

　心配そうな顔で、その男子が手を差しのべてくれる。

「あ、ありがとうございます……」

　私は遠慮がちにその手をにぎり、立ちあがった。

　男子を見あげると目が合って、彼はまぶしいくらいの笑顔をこちらに向けた。

「話すの、初めてだよな！　俺は早良柊。よろしくな！」

「よ、よろしく、早良くん」

　私がそう返すと、早良くんは笑いながら私の肩をバシッとたたいた。

「かたいよ！　下の名前で呼んで、陽向ちゃん」

　えぇ!?

　なんだかなれなれしい気もするけど、そう言ってくれるなら……！

「しゅ、柊くん……？」

「それそれ！」

　そう言って、爽やかに笑う柊くん。

　初めて会話するのに、こんなに親しく接してくれるなんて……。

人当たりもいいし、優しい人だぁ……！

柊くんはサッカー部なのかな。

サッカーボールのキーホルダーを付けた大きなエナメルバッグを背負っている。

そういえば、昨日クラスで自己紹介したときに目が合ったの、柊くんだったかも。

昨日は、登校初日ということで、黒板の前で自己紹介するよう、先生に言われたんだ。

人前で話すということに慣れていない私は、緊張しまくりだったんだけど、パチッと目が合った男の子が微笑みかけてくれてたから、緊張がほぐれたんだよね……。

まるで、『大丈夫だから』って励ましてくれているかのような笑顔は、驚くほど安心感をくれた。

あの男の子は、たしかにそう、柊くんだ。

「いやぁ、でも嬉しいな。陽向ちゃんと仲よくなれるなんて。昨日初めて会ったときから、話してみたいなって思ってたからさ」

少し顔を赤らめながらそう言った、柊くんの言葉がなんだか嬉しくて。

初対面のときから話してみたかったなんて、なんて優しい人なんだろう。

この学校、いい人ばっかりだ……！

友達ができるか不安だったけど、2日間でなっちゃんや安堂くん、柊くんともお友達になれたなんて、幸せすぎるよ私！

「柊くん、ありがとう……!」
　胸の前で手を合わせ、感謝の言葉を口にすると、柊くんがニカッと笑う。
「お礼なんていらねえって！　それより、突然こんなこと聞くのおかしいけどさ……」
　言いながら、柊くんの顔がほのかに赤くなってる……気がする。
　言いづらいことなのかな？
　でも、大丈夫！　なんでも聞いて！
　私は先をうながすように、柊くんの瞳をじっと見つめ、うん、とうなずく。
　すると、頭をかきながら、照れたように柊くんが口を開いた。
「陽向ちゃんって、その、彼氏とかいんの？」
　えっ!?　彼氏!?
　想定外すぎる質問に、あわててぶんぶんと首を横に振る。
「い、いないよ！」
　と、とたんに柊くんの顔に安堵の色が広がる。
「マジで!?　安心した！」
　なんで柊くんが安心してるんだろう、と首をかしげたそのとき。
「お前にひなちゃんはやらねーよ。俺のお気に入りだから」
　そう聞こえたかと思うと、次の瞬間には私の体は後ろからふわりと包まれていて。
「……っ!!」

振り向かなくてもわかる。
　この甘い声、甘い香り……。
　私を後ろから抱きしめて、そう言いはなったのは——安堂くんだ。
　柊くんが驚いた顔で、私と安堂くんを見ている。
　柊くんにいろいろ説明したいけど、私も心拍数がすごいことになっていて、それどころじゃなくなってしまう。
「あ、安堂くん……っ？」
　な、な、なにが起こってるの……!?
　突然のことに私の頭はもうパニック。
「そういうことだから。じゃ」
　安堂くんは涼しげにそう言うと、私の手を引き、廊下を歩きだす。
　廊下にいる安堂くんファンらしき女の子たちが、こちらを見て「きゃあああっ!!」と高い声で叫んだ。
「陽向ちゃん！」
　それと同時に柊くんが私の名前を呼んだけど、ずんずん歩く安堂くんに手を引かれているせいで、「柊くん、また明日……！」と答えるのが精いっぱいだった。

　校門を出たところで安堂くんがいきなり立ち止まり、私もつられて立ち止まる。
「安堂くん……？」
　安堂くんは、なにが起きたのかわからないままでいる私の方を振り返ると、私のおでこをコツンと小突いた。

「バーカ……」
「え？」
「ひなちゃん、隙ありすぎ。マジであせるっつうの……」

　そうつぶやく安堂くんは、昼休みの余裕がある感じとは正反対。まるで拗ねた小さな男の子みたいで。

「へ……？」

　隙……？

　隙あったかな？

　友達ができて、浮かれてたからかな？

　だとしたら、気を引きしめて生活しなきゃ！

「これからは気を抜かないように頑張るよ‼」
「……うん。ぜってぇ意味はきちがえてるけど、ま、いいや。ひなちゃんだしな」

　そう言って安堂くんは眉を下げて笑い、くしゃっと私の頭をなでた。

　なんかよくわからないけど、安堂くんが笑ってくれたからいいや！

　それに、頭をなでられると……なぜかドキドキして嬉しいから。

「えへへ」
「さ、行くか。デート！」
「デ、デ、デート……⁉」

　お友達だから遊びに行くだけなのに、デートって響きははずかしいよ！

　だけど、安堂くんはまったく気にしていない様子でスタ

スタ歩きだした。
　赤面しながらも、安堂くんの後ろを追いかける私。
　だけど、安堂くんがやっぱり人気者だってこと、数分歩いただけであらためて思い知る。
　だって、すれちがう女の人みんな安堂くんの方を振り返っているんだもの。
　そして、そのあと必ず、私のことをにらむようにして歩いていくんだ。
　たしかに、釣り合わないよね……。
　モデルさんみたいにカッコよくてスタイルのいい安堂くんと歩いているのが、私みたいななんの取り柄もない子なんだもん。
　そのとき、目の前からスタイル抜群のキレイな女の人が2人歩いてきて。
「なに、あの子。イケメン君のストーカーかなにか？」
　すれちがいざまに、嘲笑いながら発せられたその言葉が、ひどく胸に突き刺さった。
　ストーカー、か……。
　それはちょっと傷つくかも。
　はぁ……、とため息をついたとき。
「ひーなちゃん」
　安堂くんの声が降ってきて顔をあげると、目の前にはヒラヒラ振られた安堂くんの手。
「え？」
「寒いから、ひなちゃんの手であっためて？」

ね？と首を小さくかしげる安堂くん。
今はもう、4月も半ばを過ぎている。
寒くなんかないのに、安堂くんがそう言った理由。
たぶん、落ち込んでる私の気持ちに気づいてくれたんだ。
「……あっためてあげる……！」
私は安堂くんの手をにぎった。
「さんきゅ」
……ほら、やっぱり。
安堂くんの手は冷たくなんかない。
安心するくらい温かったんだ。
初めて男の子と手を繋いだというのに、ドキドキしたり、体が火照ったりしないのはなんでだろう。
緊張なんかよりも、心が安心してる気がするんだ。
やっぱり、安堂くんって不思議だな……。

私たちはそのまましばらく歩いて、カフェやショップなどのおしゃれなお店が軒を連ねる一角まで来ていた。
学校の近くに、こんなおしゃれなとこがあったなんて、知らなかった！
なっちゃんにも教えてあげたいな！
そんなことを考えながらキョロキョロあたりを見回していると、安堂くんが少し離れたところにあるカフェを指差した。
「あそこのシュークリーム、おいしいらしくてさ。ひなちゃんに食べさせてあげたいんだけど、行ってみない？」

「えっ？　シュークリーム!?」
　その瞬間の私の目はたぶん、最大級に輝いていたと思う。
　なんてったって、シュークリームが大好物なんだもん！
「行く行くっ！」
　手をバタバタさせて、上がりまくるテンションを抑えられないでいると、安堂くんがくすりと笑った。
「よし、じゃ、行くか」
　——カランカラン。
　カフェのドアを開けると、扉に付けられていたベルの音が店内に鳴り響いた。
　カフェの中は、数多くのアンティーク雑貨が置かれ、可愛らしくそれでいておしゃれで、甘い香りが漂っている。
「いらっしゃいませ！　何名様ですか？」
　可愛いエプロンを着て帽子をかぶった店員さんが、店の奥から出てきた。
「ふたりです」
　と安堂くんが答える。
「それではこちらの席へどうぞ！」
　店内は混んでいて、店員さんに案内されて座ったのは、たったひとつ空いていた店の一番奥の席。
　安堂くんがシュークリームがおいしいと言っていただけあって、スイーツ好きの若い人や女性に人気があるのか、学校帰りの高校生や女子大生らしき人の姿が目につく。
　席につくなり、テーブルに置かれた、カスタードクリームがとろーりとはみ出ているシュークリームのメニュー写

真に釘付けになる私。
「シュークリーム……！　食べたい！」
「そんなあせんなって。シュークリームは逃げねぇよ」
　そう言って苦笑する安堂くん。
　だってだって、すっごーくシュークリームが好きなんだもん！
「安堂くんは、なに頼む？」
「いや、俺はコーヒーでいいや」
「えっ、なんで？　ケーキもシュークリームもおいしそうだよ？」
「うーん、なんとなく？」
　安堂くんはそう言ってるけど、もしかしたら甘いものが苦手なのかもしれない……。
　だってこのお店で甘くないの、コーヒーだけだもん。
　そのことに気づくと、急に安堂くんに申し訳ない気持ちになる。
「おっ？　どうした、急にしおらしくなって」
　私の異変を察知したのか、安堂くんの優しい声が聞こえてきた。
「だって……安堂くん、甘いもの苦手なんでしょう……？それなのに、こんなお店入ってよかったのかなって……」
　私ばっかりいい思いをさせてもらって、なんだか申し訳ないよ……。
　自己嫌悪に陥りうつむく私の頭に、なにかが当たった。
　え……？

そしてそのまま、頭をぐしゃぐしゃーっとなでられる。
　そろりと頭をあげると、安堂くんの手が私の頭へと伸びていた。
「安堂くん……？」
「ったく、そんなこと気にすんなよ。俺がただ、ひなちゃんにこの店のシュークリーム食べさせてやりたくて、連れてきただけなんだし。だから余計なことは気にしないで、笑ってろよ」
　そう言う安堂くんは、やっぱり優しい笑顔にあふれていて。
「ありがとう……」
　安堂くん、やっぱり優しいな……。
　でも、なんでこんなに優しくしてくれるのかなぁ？
　今日出会ったばかりの私に……。

「安堂くんは、なにか部活やってるの？」
「部活はやってないよ。夕飯作ったりしないといけないから」
「へー！　そうなんだ！」
　安堂くんはとても話しやすくて。あっという間に、緊張しないで話せるようになっていた。
　話に花を咲かせていると、ついに10分後。
「お待たせいたしました、アイスコーヒーとシュークリームになります」
　私の目の前には、オーダーしたシュークリームが。
「わーっ！　いただきますっ」

待ちに待ったシュークリームに、ぱくっとかぶりつく。
　すると、甘いカスタードクリームが口いっぱいに広がって、思わず頬がゆるんだ。
「ん〜っ、おいしい〜！」
　やっぱりどんな食べ物よりも、シュークリームが１番好きだなぁ。
　そういえば、なんで安堂くんは、私にシュークリームを食べさせたいと思ったんだろう？
　疑問に思ってちらりと安堂くんの方に視線を向けると、彼は頬杖をつき、こっちを見て微笑んでいた。
「どうしたの？」
「いや、本当にうまそうに食べるなーって思って。ひなちゃんの笑顔見てると、こっちまで幸せになるからさ」
「……っ!?」
　安堂くんは、さらりとドキドキさせることを言う。やっぱりモテる人はちがうなぁ……。
「あ、クリームついてる」
　赤くなった顔を隠すようにうつむいたとき、そんな安堂くんの声が聞こえた。
　え……？
　反射的に顔をあげた瞬間、安堂くんの細くてキレイな指が、私の口の端をぬぐった。
　そしてその指を舐めて、安堂くんはニコッと笑う。
「ん、本当だ。うまい」
　……へ？

い、今起こったこと、理解しきれてないけど……。
　私の感覚がまちがえてなければ、安堂くんの指が、私の唇に、あ、当たったよね……!?
　しかも、それを舐めた……!!
「あ、あ、あの……っ」
「ははっ。ひなちゃん照れすぎだっつーの」
　そう言って、からからと笑う安堂くん。
　安堂くん、全然動揺してない……っ!
　安堂くんにとってはきっとどうってことない言動。
　それなのに私ってばいちいち反応しちゃって!
　ひとり照れてることがなんだかはずかしくなって、私はそれを隠すように、残りのシュークリームをイッキに口に詰め込んだ。

「お腹いっぱーい!!　おいしかったぁ〜!」
　カフェを出た私は、大きく伸びをする。
　お話ししながらカフェでくつろいでいたら、いつの間にか日が暮れていた。
　楽しい時間って、あっという間だなぁ。
「もうこんな時間か……。ひなちゃん、家まで送るから」
「え、そんな……悪いよっ!」
　安堂くんにそこまでしてもらうのはさすがに……。
　シュークリーム代も、『俺が誘ったから』って払ってくれたのに、その上送ってもらうなんて申し訳ない……!
「女の子を家まで送るなんて、男として当たり前だし。遠

慮すんなっつーの」
　安堂くん……。
　それじゃあ、お言葉に甘えちゃおうかな？
「……ありがとう！」
　私が笑うと、安堂くんが微笑んだ。
「どういたしまして」
　ふたりで歩く、帰り道。
　となりを男の子が歩いてるって、新鮮でドキドキするなぁ……。
　しかも、安堂くんはさりげなく車道側を歩いてくれている。
　入学する前は、こんなマンガみたいにドキドキしちゃうことが起こるなんて思いもしなかった。
　ちらりと横に視線を向けると、安堂くんのキャラメル色のキレイな髪の間から、耳が見えた。
　そして、夕日に反射したのか、キラリと赤いなにかが光った。
「安堂くん、ピアスしてるんだ？」
　私の言葉に、安堂くんが耳を触る。
「このピアス？　……これ、俺のお気に入りなんだよね」
　そう言って、ふわっと笑う安堂くん。
「いつ穴開けたの？　穴開けるのって、痛いんでしょ？」
　耳に穴を開けるなんて、想像するだけで痛いもん。
「開けたのは、中３のとき。誕生日プレゼントでもらったんだけど、その子イヤリングとピアスまちがえたらしくてさ。でも、もらったことが嬉しかったから、どうしても付

けたくて穴開けたんだよね」

　照れたように安堂くんが笑った。

　その表情でわかるよ。

　大切な人からもらった宝物なんだね、きっと。

　だって、表情がとっても優しくなったもの……。

　安堂くんのこと、またひとつ知ることができた。

　なんでだろう。ちょっと嬉しいなっ。

「今日出会ったばっかりだから、知らないこといっぱいだよね。でも私、安堂くんのこと、もっとたくさん知りたいなぁ……」

　……って！

　私ってば、なに言ってるんだろう！

　浮かれすぎてたせいで、ヘンなこと言っちゃった！

　我に返って、ひとりではずかしくなる。

　ほら、安堂くんだって、目を見開いて驚いた顔をしてるじゃん！

「ご、ごめん……！　ヘンなこと言って！」

　でも、安堂くんの頬はいつの間にか、ほんのりと赤く染まっていて。

　それを隠すように、口もとに手の甲を当てている。

「ヤベ……、嬉しいんだけど。俺だって、ひなちゃんに俺のこと知ってほしいと思ってる」

「え？」

「じゃあ自己紹介な。安堂叶翔、10月31日生まれのさそり座でO型。姉貴がいて、好きな教科は体育、大好物はエビ

フライ」
「へ……へ？」
　わー！　いろんな情報がイッキに頭に入ってきて、頭の中がぐるぐるするー！
　そんな私の頭を、ぽんぽんと優しくなでる安堂くん。
「いーよ、一度に覚えなくても。忘れたとしても、何度だって教えてやるから」
「えへへ。うん」
　何度も教えてくれるってことは、これからも友達でいてくれるってことだよね。
　あらためてそのことがわかるとやっぱり嬉しくて、思わず笑顔をこぼすと、安堂くんがニヤッと笑った。
「ひなちゃんの笑顔、すっげぇ可愛いー」
「え!?　か、可愛い!?」
　不意打ちの甘い攻撃に、ポッと火がついたように、熱を持つ頬。
　私が可愛いって、ありえない！
　軽い冗談（じょうだん）だなんて、わかってるのに。
　ほら、安堂くんは女の子にそういうこと言うの、慣れてるだろうし……？
　それにお世辞（せじ）でも、私が可愛いなんて言われたら、天と地がひっくり返っちゃう！
「か、可愛くなんて、ないよ！」
「はは、ホント鈍感（どんかん）っつーか、天然っつーか」
　あわてて否定する私に、安堂くんがそう言って困ったよ

うに笑う。
　え？　鈍感？　天然？
　なっちゃんにも言われたけど、安堂くんにも言われちゃうなんて！
　私ってば、鈍感＆天然だったの……!?
「やっぱ、手強いな。でも俺、決めたから。引いてなんかやんねぇ……」
　首をかしげて私の顔をのぞき込み、なんだか妖しげに微笑んで、そうつぶやいた安堂くん。
　でも私は、発覚した衝撃的事実を引きずっていたせいで、安堂くんの言葉の意味がわからなくて。
「え？　どういうこと？」
「んーん、なんでもねぇ。ひなちゃんはただ、笑ってくれてればいいってこと！」
　気づけば、安堂くんスマイルをお見舞いされてしまう。
　なんだかうまくごまかされた気もするけど、まぁいっかぁ！
　だって、安堂くんの笑顔がなぜかキラキラ輝いてるんだもの。

　それからいろんな話をしながらしばらく安堂くんと歩いていると、うちの前に着いた。
　くるっと安堂くんの方に体を向ける。
「私の家、ここなんだ。今日はありがとう！」
「俺もひなちゃんとデートできて、すげぇ嬉しかったよ」

さらっとそんなことを言っちゃう安堂くん。
　だから、"デート"っていう響きは照れるってばぁ……！
「……ねぇ、安堂くん？」
　もじもじしながら、うつむきがちに視線だけをあげ、安堂くんを見つめる。
　恥ずかしいけど……今だからこそ、伝えたいことがあるんだ。
　私の、正直な気持ち。
「ん？」
「お友達になってくれてありがとう！　安堂くんと、もっと仲よくなりたい、です……。じゃ、じゃあね！」
　面と向かって言うのは、やっぱりはずかしいっ……！
　火照る頬を隠すように、安堂くんに背を向け、家に入ろうとしたとき。
　ぐいっと手を引かれて、私の体は家の近くの塀に押しつけられていた──。
「……っ!?」
　状況が理解できない……っ。
　これって……壁ドンってやつですか……っ？
　っていうか、安堂くん、ち、近いよ……っ！
　あたふたする私の目に飛び込んできたのは、安堂くんの色っぽい瞳。
「あのさぁ……ひなちゃん、可愛すぎ」
「え……？」
　ドキンッと鼓動が高鳴る。

「反則だっつーの……。我慢してんだから、これ以上煽るなよ……。俺、ひなちゃんのこと襲っちゃうよ？」
「……っ」
　安堂くんは意地悪な笑みを浮かべ、私の顔をのぞき込む。
　私、今顔まっ赤なのに……っ。
　そんなに見つめるなんて、安堂くんの意地悪……。
　安堂くんのカッコよさと見つめられたはずかしさで、我慢ができなくなって顔をそらすと、
「そういうことだから。じゃあ、また明日ね」
　ふいに私の顔の横にあった手が離れて、安堂くんが歩いていく。
　な、な、なんだったの？　今の……。
　ヒラヒラと手を振るその後ろ姿が見えなくなるまで、私はぼーっと立ち尽くしたまま見つめていた。
　なんで……こんなにドキドキしてるの？
　なんで……こんなにも胸がいっぱいなの？
　心臓はバクバクと音を立てて、しばらく静まらなかった。

この子に手ェ出したら、許さねぇから

キミはなぜか
いつでもどこでも
私を見つけてくれるんだ

次の日の昼休み。
　なっちゃんと机を合わせてお弁当を食べていると、
「そういえば、昨日の安堂くんとのデートどうだった？」
　突然のなっちゃんの言葉に、私は食べていた卵焼きを吹きだしそうになってしまった。
　あぶないあぶない！
　"デート"って単語は、何度聞いても慣れないみたい……。
「なにさ、顔赤くしちゃってぇ！　もしかして、襲われたの!?」
「ち、ちがうよ!!」
　お箸をにぎりしめ、あわてて顔をぶんぶん横に振って、否定する。
「だけど……からかわれちゃった」
「え？　からかわれた？」
「うん。『これ以上煽ったら、襲うよ』って……。さすがプレイボーイって感じだよね」
　そう言ってヘラヘラ笑っていると、なっちゃんがすごい勢いでため息をつき、肩をすくめた。
　あれ？
　なんでため息つかれちゃったんだろう？
「はぁー、本当わかってないわぁ、陽向は！」
「え？」
　わかってないって、なにを……？
「それね、安堂くん、陽向のことねらってるよぜったい！」
「ね、ね、ねらってる？」

私に限って、そんなはずないよ……。
　だって、今朝見たんだ。
　登校する安堂くんのまわりを取りかこんでいる、大勢の女子たちを。
　みんな美人で、可愛くて。
　私なんか、その輪に近づくことさえできないくらい、別次元みたいにみんなキラキラしてた。
　私は、安堂くんに友達になってもらえただけでも、感謝しなきゃいけないっていうのに。
　そう考えながらお弁当を食べ終わる。
「ま、これからが楽しみ！」
　そう言って、ニヤニヤと意味深に笑うなっちゃん。
　楽しみって、なにが？
　ハテナマークを頭の上に浮かべ、私は首をかしげた。
　と、そのとき。
「飛鳥陽向さんっていらっしゃる？」
　突然、自分の名前が耳に飛び込んできた。
「ん？」
　その声がした方に目を向けると、教室のドアのところに、キレイな女の人が立っていた。
　あの人が呼んだにちがいない。
　わわ！　あんなキレイな人が、私なんかになんの用だろう？
　不思議に思うけど、呼ばれてるんだから早く行かなきゃ！
「ここにいますっ」

そう声をあげて、お弁当箱を片付けはじめたとき。
　スッと伸びてきたなっちゃんの手に、ギュッと手首をつかまれた。
「……陽向、行かない方がいいよ」
　なっちゃん……？
　いつもとはちがう真剣ななっちゃんの表情に、思わずお弁当を片付けていた手が止まる。
「どうしたの……？」
「あの人、なんか怖いよ」
　怖い……？
　私には美人な女の人にしか見えないけど……。
　でも、心配してくれているなら、安心させてあげないと。
「大丈夫だよ。話聞いてくるだけだから。ね？」
　そう微笑みかけると、なっちゃんはまだ不安げな表情を残したまま、私の手をつかんでいた手をそっと離した。
「陽向がそう言うなら……。でも、なにかあったらすぐ帰ってくるんだよ？」
「うん！　ありがと！」
　私はお弁当箱をしまい、教室の入り口の方へと駆けていった。
「お待たせして、ごめんなさい！」
「あぁ、大丈夫よ」
　そう言って微笑みを浮かべる女の人は、近くで見るとさらにキレイ。
　だけど、化粧が濃く、鼻をつく香水の香りもきついせい

か、派手な印象も受ける。
　ふと、女の人の胸のリボンが目に入った。
　この学校は学年によって、男子はネクタイ、女子はリボンの色がちがうんだ。
　私たち1年生は赤色のネクタイとリボン。
　目の前にいる女の人は、青色のリボンだった。
　ということは、2年生の先輩だ！
　先輩だなんて、なんだか緊張しちゃう……！
「あの、私に用っていうのは……？」
「ここじゃ話しづらいことだから、場所を変えましょう」
「は、はい！」
　私は言われたとおり、先輩のあとを歩いていく。
　初対面の私に、話ってなんだろう……？
　想像もつかないなぁ。
　ちょっと不安になりながらも首をひねっていると、いつの間にか体育館の裏に来ていた。
　あれれ？　いつの間にかこんなとこまで来ちゃった。
　ここってあんまり人通らないし、ちょっと怖いんだよなぁ……。
　そんなことを考えていると、ふいに前を歩いていた先輩が足を止めた。
　腕を組んで、こちらに背を向けたまま、先輩がそれまでの静寂(せいじゃく)を切り裂いた。
「叶翔って、キスがうまいのよ？」
「え……？」

突然の先輩の言葉に、思わず言葉を失う私。
「すごく情熱的なキスをしてくれるの」
「……っ」
　なにか言おうと思うのに、喉がぎゅっと締めつけられてしまったように、言葉が出てこない。
　なんでだろう。
　なんで、胸がキリキリッて痛いの……？
「なのに……。なのに、あんたと絡んでから、叶翔は私と遊ばなくなったのよ！」
　先輩がそう声をあげ、キッとこちらを振り返った。
　その顔は、さっきまでのおだやかな表情じゃない。
　すべての憎悪を私に向けている、そんな表情だ……。
「私が中学を卒業するまでは、いくらでも遊んでくれたのに……っ」
　ちがう……。この先輩はなにかかんちがいしているんだ。
　「私と安堂くんが知り合ったのは昨日です」って否定したいのに、声が出てくれない。
　先輩はキッとにらみつけるように私に近づき、耳もとに口を寄せ、いちだんと低くした声でささやく。
「あなたは叶翔のことを誤解してるのよ。恋愛を遊びとしか思ってないから、特定の彼女は作らないし、彼氏がいる女とでも簡単に遊ぶような、わるーい男だったのよ？」
　フンと鼻で笑う先輩。
　私は思わずぐっと拳をにぎりしめていた。
　たしかに私は、昔の安堂くんのことを知らない。

だけど……先輩の言葉が引っかかるの。
「あ、安堂くんのこと、悪く言わないでください……っ」
　先輩よりも、安堂くんと過ごした時間ははるかに短い。
　だけど、私が知ってる安堂くんは、先輩が言うような"わるい男"なんかじゃないってそう言いきれるから。
「は？」
　とっても怖いけど、私は精いっぱいの声を張りあげた。
「さっきの先輩の言葉、取り消してください……！」
　みるみるうちに、怒りで赤くなっていく先輩の顔。
　だけど、ここで引いちゃダメだ。
　さっきの言葉、取り消してもらうまでは。
「黙りなさい……！」
　そう叫んで、先輩は目を吊りあげたまま、近くに置いてあったバケツを持ちあげた。
　そのバケツを見て、はっとした。
　『園芸部』と書かれたそのバケツの中には、たんまりと水が入っていて……。
「あんたなんか、びしょ濡れがお似合いよ！」
　先輩がバケツを私に向かって振りかざした。
　ダメ……、濡れちゃう……っ。
　──助けて、安堂くん……っ。
　ぎゅっと目を閉じた瞬間、なぜか安堂くんの顔が浮かんだ。
　次の瞬間。
　すぐそばで水が勢いよくぶちまけられる音がした。
　だけど、ぎゅっと目をつぶる私の体を、冷たさが覆うこ

とはなくて。
　え……？
　おそるおそる目を開けると、目の前には……。
「……つめてー」
「安堂、くん……？」
　私を水から守るように立ち、びしょ濡れになった安堂くんの姿があった。
「な、なんで叶翔が……っ！」
　先輩が、目を見開いて安堂くんを見ている。
　それと同時に膝の力が抜けて、思わずその場に座り込んじゃう私。
「ひなちゃんになにしようとしてたんだよ、先輩」
　見えるのは背中だけなのに、その背中がビリビリと怒気を放っている。
　そして、怒ってるってわかる、いつもより低い安堂くんの声。
　先輩が肩を震わせながら、大声で叫ぶ。
「な、なんでそんな子の肩持つのよっ……。たいして可愛いわけでもないし、なんの取り柄もないじゃない!!」
　先輩に指を差され、憎しみをすべてぶつけられたようで思わずびくっと肩が揺れる。
「あ？」
　だけど、その先輩の怒りを遮る安堂くんの声。
「ムダに着飾ってこんなことする先輩なんかより、何千倍も可愛いと思うけど？」

「くっ……」
「あと」
　そうつぶやいて、キッと鋭い眼光を先輩に向ける安堂くん。
「この子に手ェ出したら、許さねぇから」
　──ドキンッ。
　そんな状況じゃないことはわかってるのに……。
　どうしてだろう……。
　安堂くんにドキドキしてる、私……。
「わ、わかったわよ……っ！」
　先輩はそう叫ぶように言うと、走り去ってしまった。
　先輩の姿が見えなくなると、安堂くんが振り返って、まだ立てないでいる私の前にしゃがみ込んだ。
「泣かないで？　ひなちゃん。もう大丈夫だから」
「え……？」
　言われて初めて気がついた。
　いつの間にか、涙があふれていたことに……。
「怖かったな」
　安堂くんがニコッと優しい笑顔を見せて、私の頬を伝う涙を親指でそっとぬぐう。
　その笑顔にツンと鼻の奥が痛くなって、また涙があふれ出す。
　だけどね、涙が止まらないのは、怖かったからじゃないよ。
　安堂くんが私をかばってくれたからだよ……。
　助けてって、そう願ったら本当に来てくれたんだもん。
　だけど、私をかばったせいで、安堂くんがびしょ濡れに

なっちゃった……。
「助けてくれてありがとう……。でもごめんね、私のせいで安堂くんがびしょ濡れに……」
「ひなちゃんが濡れなかったら、それでいいんだよ。それにひなちゃんが謝ることじゃないよ。怖い目に遭わせちゃって、ごめんな」
「安堂くん……」
　安堂くんが優しい微笑みを浮かべる。
　まるで、安心させてくれているみたいに……。
　だけど、水はぼたぼたと止めどなく、安堂くんの髪からしたたり落ちている。
　４月もまだ半ば過ぎ。時々吹く風はまだまだ冷たくて。
　こんなに濡れていたら、安堂くんの体が冷えちゃう。
「ねぇ、安堂くん。保健室でタオル借りよう？」
「心配しなくても大丈夫だって。こんなのすぐ乾くし」
　そう言って安堂くんは笑うけど、ぜったい風邪引いちゃうもん……。
　私はぶんぶんと首を横に振って、安堂くんの手を引いて保健室に向かった。

　保健室には先生がいなくて、まっ白な空間に、私たちふたりきりになる。
「大丈夫？　寒くない？」
「大丈夫だってー。ひなちゃんは相変わらず心配性だなぁ」
　保健室にあったまっ白なタオルを渡すと、ベッドに腰か

けた安堂くんはそう言って笑った。
「俺よりひなちゃんは？　濡れなかった？」
「私は全然……！　安堂くんが守ってくれたから」
　私もベッドの近くに置いてあったイスに腰を落ち着かせ、ぶんぶんと首を振った。
　安堂くんが守ってくれたから、私には一滴も水がかかることはなかった。
　私の心を簡単に読みとっちゃって、ツラいときは手を差しのべてくれて、ピンチのときは助けてくれる。
「安堂くんは、私のヒーローだね！」
　そう言ってにっこり笑うと、安堂くんは微笑みを返してくれた。
　だけど、その微笑みにはなぜか悲しみが浮かんでいるように見えて。
　そして、その微笑みもすぐに力なく消えた。
「……俺はヒーローなんかじゃねぇよ……」
　そうつぶやいた安堂くんの切なげな表情に、私の笑顔もスッと引いていく。
　安堂くん……？
　たまに安堂くんは、悲しそうに切なそうに笑う。
　笑ってるけど、瞳の奥では涙を流しているようで……。
　そんな微笑みを見ると、なぜだか私も泣きたくなるんだ。
「ねぇ、ひなちゃん」
「なぁに……？」
「俺、ひなちゃんが俺のことで先輩に言い返してくれたの、

すっげぇ嬉しかったよ」
「えっ?」
　まっすぐな瞳で見据えられ、思わずかぁぁっと頬が熱くなる私。
　先輩とのやりとり、見られてたの!?
　あのときはもう夢中だったから、はずかしい……っ!
「あの、それは……」
　まっ赤になって言葉に詰まる私の頭に、安堂くんの手が伸びてきて、ぽんぽんとなでられた。
　ちらっと顔をあげると、安堂くんが真剣な瞳で、まっすぐに私の目を見つめていて。
　水気を帯びて暗めのトーンになった前髪からのぞくその瞳は、いつもよりも色っぽくて、ドクンと心臓が揺れる。
「俺さ、たしかに先輩の言うとおり、中3になるまで荒れてたんだ。でも今はそういうことしてない。ひなちゃんにだけは知っててほしくて」
「安堂くん……」
　……最初から決まってる。
　答えはただひとつ。
「……私は、安堂くんを信じるよ」
「ひなちゃん……」
　"そういうこと"っていうのは、たぶん先輩が言ってた女遊びのこと。
　安堂くんには、きっと私には踏み込めない過去がある。
　それを知らないっていうのはさみしいけれど、私は今の

安堂くんを知っているんだ。
　今の安堂くんは、"わるい男"なんかじゃないって、そう信じられるもの。
　それに──。
『ひなちゃんにだけは知っててほしくて』
　その言葉を、私だけ特別って言ってくれているように感じちゃうのは、ちょっと自惚(うぬぼ)れてるかな……。
「さーてとっ。髪も拭いたことだし、ゆっくりしていこっか?」
　安堂くんが、さっきまでの表情とは一変、スッキリしたような笑顔で立ちあがり、伸びをする。
「へ?　ダメだよ安堂くん、授業に遅れちゃう!」
　時計に目をやると、午後の授業開始まで、あと5分くらいしかない。
　ゆっくりしていたら、授業始まっちゃうよ!?
「いいじゃん?」
　そう言って、あせってる私とは正反対の余裕な様子で安堂くんがニコッと笑う。
　そしてそのまますっと近づき、指で私の顎(あご)をくいっと持ちあげる。
　いきなり近づく安堂くんの顔に、ドキン……ッ、と心臓が跳ねあがった。
　へ……?
　安堂くん……っ!?
　ち、近いよ……っ!

「ふたりだけなんだし、あんなことやこんなことしちゃおうか？」
　そう甘くささやく、意地悪な悩殺スマイルにクラッとしちゃうけど。
「ダメなものはダメーっ！」
　そう叫んで、私は保健室を飛びだした。
　だけど、本当は……。
　安堂くんがいつもの調子に戻ってよかったなんて思ってるってことは、安堂くんにはぜったいヒミツッ！

俺のそばから
離れないで……

なにかが欠けた日々に
キミはまた
鮮やかな色をつけてくれる

翌日の放課後。
「えー！　安堂くん、今日風邪で休みだったの!?」
「安堂くんにお菓子作ってきたのにぃー！」
　……うそ……。
　私の顔から、さぁぁっと血の気が引いていく。
　突然耳に入ってきた、廊下を歩く女の子たちの会話。
　帰ろうとして片付けていた教科書が、バサリと机の上に落ちる。
　あ、あ、安堂くんが風邪引いて、学校をお休みしていたなんて……!!
　昨日私をかばって水をかぶったせいだ！
　だって、保健室のタオルで髪は乾かしたけど、服は濡れたままだったもん！
　ど、どうしよう……！
　私のせいで、安堂くんが風邪引いちゃったなんて！
　申し訳なさとショックで、背中にじわりと汗をかく。
「あれ？　どうしたの？　陽向ちゃん、顔色わるくない？」
　ふいに声が降ってきて顔をあげると、そこにはエナメルバッグを背負った柊くんが立っていた。
　心配そうな表情を浮かべて、私の顔をのぞき込んでいる。
「柊くん！　どうしよう……！」
　泣きそうになりながら、柊くんを見あげる。
「おっ、どうした!?　俺でよければ、話聞くよ？」
　そう言って、私の机の横にしゃがみ込んで、話を聞く態勢を整えてくれる柊くん。

なんて優しいんだろう……！
　柊くんが天使様に見えるよ～！
　それじゃあ……天使様のお言葉に甘えて、ちょっとだけ相談しちゃおうかな……。
「あのね、私が水をかぶりそうになったのを守ってくれた友達が、そのせいで風邪引いちゃったみたいなの……。私のせいで風邪を引かせちゃったなんて、申し訳なくて……」
　話しているうちに、どんどん声がしぼんでいき、しょんぼりしていると、
「陽向ちゃん」
　柊くんに、そう名前を呼ばれた。
「俺がもしその友達の立場だったら、すげぇ嬉しいけどな。陽向ちゃんがそんな風に心配して、心を痛めてくれてるんだから」
「柊くん……」
　柊くんの目がアーチ型を描く。
　その表情は、優しいけどすごく心強くて。
「大丈夫！　その友達だって、ちゃーんとわかってくれるさ」
「ありがとう……！　私、お見舞いに行ってくるよ！」
「おう！」
　柊くんがニカッと、まっ白な歯を見せて笑った。
　なんだか、心がスッと軽くなったみたい。
　安堂くんに１日も早く元気になってほしい。
　お見舞いに行って、ちゃんと謝ってこよう。

「やっぱり……そういう子だよな、陽向ちゃんは」
　柊くんがぼそっとつぶやいた。
　でも、それはあまりに小さな声だったから、聞きとることはできなくて。
「え？　なにか言った？」
「いや、なんでもない！　それより早く準備しないと！」
　心なしかあせってるような顔してるけど、気のせいかな……？
　でも、それより！
　今は、できるだけ早く安堂くんのお見舞いに行かなきゃ！
「それにしても、その友達すごいな。代わりに水かぶるなんて」
　帰る準備を整えて立ちあがると、柊くんが感心したような声をあげた。
「ホントだよね。やっぱりヒーローだと思う」
「ヒーローか……。って、あれ？」
　そう言って、突然柊くんの表情が固まった。
　そして、おそるおそるといった風に口を開く。
「……ねぇ、陽向ちゃん……？」
「なぁに？」
「そのさ、まさかとは思うけど、その友達って、安堂とかじゃないよな？」
「え？　安堂くんだよ？」
　あれ？　なんで安堂くんだってわかったんだろう。
　っていうか、なんでそんなに動揺してるの？

柊くんったら、目を見開いて口をパクパクさせてる。
「な、なぁ、陽向ちゃん？　男の家に行くって意味わかる？　しかも安堂なんかの家に……」
「意味？　お見舞いだよ？」
　どうしたんだろう、柊くん。
　さっき、お見舞いに行くって話してたばっかりなのに。
　それに、お見舞いに女も男も関係ないよね？
　柊くんの言葉の意味がわからなくて、きょとんとした顔で首をかしげたそのとき、チャイムが鳴った。
　……あっ！　もう4時だ！
　早く行かなきゃ、遅くなると安堂くんに迷惑かけちゃう！
「ごめんね、柊くん。もう行くね！」
「あっ、待って！」
　後ろでそう呼ぶ柊くんの声が聞こえたけど、私は走りだしていた。
　ごめんね、柊くん……！
　もう時間がないのです!!　明日またお話ししよう！
　と、勢いよく学校を飛びだしたものの……。
　安堂くん家ってどこ!?
　私、安堂くんの家がどこにあるか知らないじゃん！
　ああ……バカだー！
　後先考えない私のバカー！
　とりあえず、なっちゃんに電話してみよう……！
　なっちゃんなら、安堂くんの家の場所知ってるかな……？
　微(かす)かな期待を込めて、私はスマホのコールボタンを押す。

──プルルル……。
『はい、もしもし?』
「なっちゃん! 陽向だけど、安堂くんの家がどこにあるか知ってる?」
『え? 安堂くんち? 知ってるよー』
　あせってる私とは正反対の、のんびりしたなっちゃんの返事に、ちょっと拍子抜けしちゃう。
　なっちゃんがちょうど部活の休憩時間でよかった。
　っていうか、安堂くんのおうち知ってるんだ!
　さすが学校一のイケメンさん! いろいろリサーチされてるみたいだ……!
「どこら辺にあるの?」
『野いちご公園の向かい側らしいけど、野いちご公園の場所は知ってる?』
「え、野いちご公園? 私の家の近くだよ!」
　野いちご公園は、私の家から歩いて15分くらいの所にある。
　その野いちご公園の向かい側にあるってことは、安堂くんの家、私の家の近くにあったんだぁ!
　もしかして、小学校とかも同じだったりして?
『っていうか、安堂くん家に行くの? ひとりで?』
「へ? うん、そうだよ!」
『ねぇ、陽向。男の家に行く意味わかってる?』
「お見舞いでしょ?」
　なっちゃんってば、柊くんと同じこと言ってる。

どうしてそんなに、みんなしてお見舞いに行く意味を知りたいんだろう……？
　頭上をたくさんのハテナマークに覆われていると、はぁーっと、電話の向こうから大きなため息が聞こえてきた。
　あれ。またため息つかれちゃった。
『やっぱり陽向は天然……。ま、気をつけて行ってくるんだよ！』
　前半はよく聞きとれなかったけど、私はなっちゃんに、お礼を言って電話を切った。
「安堂くん、大丈夫かなぁ……」
　歩くほどに、心配な気持ちが大きくなってくる。
　……もう、ゆっくり歩いてなんかいられない！
　待っててね、安堂くん……！
　私は、肩にかけたスクールバッグの持ち手をギュッとにぎりしめると安堂くんの家に向かって、脇目も振らず走りだした。

　そして、野いちご公園に着いた私。
　その向かい側には、キレイな２階建てのおうちが建っている。
　表札には『安堂』の文字。
　まちがいない、ここが安堂くんのおうちだ！
　勢いで来ちゃったけど、いざ目の前にすると、なんだか緊張しちゃう……。
　呼吸を整えながら、そろーっとチャイムに手を伸ばした

そのとき。
「あれ？　お客さん？」
　ふいに背後から声が聞こえて振り返ると、とってもキレイな女の人が立っていた。
　20代ぐらいかな？
　ヒョウ柄のミニスカートに、胸の下くらいまであるロングの金髪。耳には何個もピアスを開けてヤンキー風だけど、なによりすごく美人……。
　つい見とれていると、その女の人が目を見開いて、ビックリしたように私を見ていることに気がついた。
　ん……？　どうしたんだろう？
「あ、あの……」
　そう声をかけると、女の人はハッと我に返ったようにさらにパッと目を見開き、それからすぐに笑顔を浮かべた。
「あぁ、ごめんね。叶翔の友達だよね……？」
「あ！　そうです！　お見舞いに来たんですけど……」
　叶翔って呼んでるってことは、安堂くんと親しい人、なのかな……？
「ごめんごめん。自己紹介が遅れたね。私は叶翔の姉の那月（なつき）」
　あ、お姉さんだったんだ！
　あの安堂くんのお姉さんだもんね、どうりで美人さんだ！
　たしかに、鼻筋が通っているところとか肌が白いところは似てるかも！
「私は、飛鳥陽向っていいます！　安堂くんのお見舞いに

来ました！」
　ぺこりとお辞儀をした私に、ニコッと微笑みかけてくれる那月さん。
　見た目はヤンキー風でちょっと怖いけど、すごく優しくていい人そうだなぁ……。
「叶翔は寝てるかも。上がってって？」
「あ、はい……！」
「じゃあ、どうぞ」
「おじゃまします……！」
　那月さんのあとに続き、おうちに上がる。
　家の中は、家具や壁紙など白を基調としていて、ムダなものがなくてとても片付いていた。
　清潔感があって、それでいてキレイで、安堂くんらしいおうち。
　廊下を進んだところで、那月さんが一番奥の部屋のドアを勢いよく開けた。
「叶翔！　陽向ちゃんがお見舞いに来てくれたよ！」
「安堂くん、風邪大丈夫？」
　そっと那月さんの後ろから、部屋をのぞくと、
「えっ、ひなちゃん!?」
　ベッドの上でガバッと上半身を起こし、驚いている安堂くんと目が合った。
「さぁさ、入って入って」
　那月さんにうながされ、私は安堂くんの部屋へと入った。
「え、え、マジで本物のひなちゃん？　これ夢じゃねぇよ

な?」
　見たこともないくらい、安堂くんがあせってて、思わずくすっと笑っちゃう。
「夢じゃないよ、本物の陽向だよ。……それより、風邪大丈夫?」
「あぁ、マジでダセェよな、風邪引くなんて。でも、ひなちゃんが見舞いに来てくれたから治った!」
　安堂くんの顔が、自嘲気味の困ったような笑顔から、にっこり笑顔に変わる。
　ほんのり頬は赤いけど、元気そうでよかった……。
「おふたりさん、いい感じじゃん!　じゃあ、邪魔者は退散するか!」
　後ろでそんな声が聞こえ、振り返ると、那月さんがニコニコしながら部屋を出ていくところだった。
「もう入ってくんなよ!」
　安堂くんがそう言い返す。
　ふふ。なんだか、仲がよさそうな雰囲気が伝わってくるなぁ……。
「いいお姉さんだね、那月さん」
「そー?　ヤンキーだけど、怖くなかった?」
「全然……!」
　そう言って、首をぶんぶんと振ったとき、スクールバッグからなにかが落ちる音がした。
「あ……、また落ちちゃった……」
　絨毯の上から拾いあげたのは、ピンク色のうさぎのキー

ホルダー。
「ひなちゃん、それって……？」
「このキーホルダーはね、交通事故に遭ったとき、持ってたんだ。こんなキーホルダー買った記憶ないんだけど、私が好きなピンク色とうさぎだから、なんだか捨てられなくて……金具がゆるくなっちゃって、すぐ落ちちゃうんだよね」

手のひらに乗せたキーホルダーを見つめる。

キミはどうして私のバッグに入っていたの……？

だけどもちろん、うさぎさんがしゃべってくれることはなくて。

——じつは私には、事故の前のことがあんまり記憶にない。

お母さんは、

『そんなの、すぐに思い出せるわよ』

って言ってたけど。

「……ふーん。ひなちゃんは、ピンク色とうさぎが好きなんだ。じゃあ3月の誕生日プレゼントは、ピンク色のうさぎのなにかにしようかな」

キーホルダーを見つめていると耳に届いた、心が踊っちゃうような安堂くんの言葉。

「ホント!?」

バッと顔をあげると、安堂くんが得意げにくすりと笑った。

「ん。楽しみにしてて？」

うわぁ！　誕生日はまだまだだけど、今からすごく楽し

みになっちゃうよ!
「安堂くんの誕生日は10月だよね?　私もプレゼントあげたいな!　なにが欲しい?」
　そうたずねると、「うーん」と考え込む安堂くん。
「欲しいもの、か……。それじゃあ、ひなちゃんに下の名前で呼んでほしいな」
　へ……?
「そ、そんなものでいいの!?」
「一度でいいから、名前を呼んでほしい」
「え……?」
　思いがけない安堂くんの言葉と、どこか切なそうな瞳に目を丸くしたそのとき、静寂を切り裂くようにピロロロ♪とスマホが鳴った。
　スマホをポケットから取り出してみると、ディスプレイには『お母さん』の文字。
「あ、ごめんね!　ちょっと電話出てくる!」
「ん。行ってらっしゃい」
　安堂くんの部屋を出て、急いで電話に出る。
「もしもし?」
『もう!　陽向ったらなにしてるの?　買い物に付き合うって言ってたから、待ってたのよ?』
　電話の向こうから聞こえてくるのは、怒っているお母さんの声。あっ、いけない!
　そういえば今日は、放課後にお母さんと一緒に買い物に行く約束してたんだった!

「ごめんね、今日、行けなくなっちゃって……！」
『なんで？　お友達と遊んでるの？』
「……うん、まぁ！」

　正確に言うと、遊んでるわけじゃないけど、説明したら長くなりそうだから、適当にごまかしちゃう。

　ごめんなさい、お母さん！
『まぁ、それならいいけど……。遅くならないうちに帰ってくるのよ？』
「はーい！」

　そう返事をすると、電話が切れた。

　そして画面がホーム画面に切りかわると、10件以上の不在着信の通知が目に止まった。

　安堂くんのお見舞いのことに必死になりすぎていて、着信に全然気がつかなかったんだ、私。

　もう、お母さんったら、相変わらず心配症なんだからぁ。

　今回は、約束忘れちゃった私が悪いんだけど……。

　だって、安堂くんのお見舞いに行こうって考えたら、それ以外のことが頭から抜けちゃったの。

　それくらい……私の中で、安堂くんの優先順位が高くなってる気がする。

　トクン……と鼓動が鳴り、胸の前できゅっと手をにぎりしめる。

　なんだろう、この気持ち……。

　最近、安堂くんといると感じる、この不思議な気持ちは……。

あっ、いけないいけないっ。ぼーっとしてた。
　安堂くんのところに戻らなきゃ。
　あんまり遅いと、安堂くん心配しちゃうもんね。
「遅くなってごめんね……」
　そう言いながら、安堂くんの部屋のドアを開けた私は、目の前の光景にはっとした。
　だって、ベッドに横たわっている安堂くんが、はぁはぁ……と苦しそうに顔を歪めていたから。
「安堂くん!?　大丈夫っ!?」
　駆けよって、おでこに手を当てる。
　……熱いっ。
　安堂くん、やっぱりまだ熱があったんだ。
　それなのにさっきまで、なにもないように振るまってくれてたんだ、きっと……。
　どうしよう、すごく苦しそうだよ……っ。
「待ってて！　今、那月さんを呼んでくるから！」
　あせる気持ちを抑え、そう声をかけて部屋を出ていこうとしたとき。
　——ぎゅっ。
　ふいに手首をつかまれた。
　手首に感じる、安堂くんの熱すぎる体温。
「安堂くん……？」
「ここに、いろよ……。俺のそばから、離れない、で……」
　熱のせいか、目もうるんでいて息も荒い。
　いつもとはちがう様子に、ドクンドクンと心臓が早鐘の

ように打つ。
　安堂くん……。
「わかった。私は、ここにいるから」
　そう言ってベッドの横に膝立ちになり、手をにぎり返すと、安堂くんは安心したのか、眉間に寄った皺がなくなった。
　少しでも安堂くんのツラさをやわらげたくて、そっと髪をなでる。
　こんなことしかできなくて、ごめんね……。
「ひな、ちゃん……」
　虚ろな目を少し開き、熱のこもった声でそうつぶやく安堂くん。
「なぁに……？」
「俺のこと、どう、思ってる……？」
　え……？　どうしたの……？
　いきなりそんなこと聞くなんて……。
「どうって……。お友達、だよ？」
　……あれ？
『お友達』
　そう言ったとき、なぜかズキンと胸が痛んだ。
　おかしいな。なんで……？
　心の中でそう問いかけた私は、思わずはっとした。
　だって、閉じられた安堂くんの目から、一筋の涙が流れていたから……。
　そして、きゅうっと強くにぎりしめられる私の手。
「安堂くん……」

どうして泣いているの……？
　さっきのは寝言だったのか、次の瞬間にはもう安らかな寝息が聞こえてきた。
　そっと安堂くんの頬に手を伸ばし、流れた涙をぬぐう。
　安堂くんの寝顔……なんでこんなにさみしそうなんだろう……。
　その表情からは、こっちにまで切なさが痛いほどに伝わってきて、無性(むしょう)に泣きそうになる。
「安堂くんが幸せでいてくれないと、イヤだよ……」
　手を繋いでいるのに、目の前にいるのに、安堂くんをなぜか遠くに感じて。
　安堂くん、キミは、いったい……。
　なにを思っているんだろう――。

☆
 ☆　☆
　　☆

理性保ってる
こっちの身にもなれよ

キミの優しさに触れるたび
嬉しくて
なぜか少しだけ
泣きそうになる

お見舞いに行った次の日。
　学校に着くと、昇降口で、安堂くんが壁に寄りかかって、私のことを待ってくれていた。
　私と目が合うなり、パッと笑顔を浮かべる安堂くん。
　その姿は昨日とは打って変わってすっかり元気そうで、心の底からホッとする。
「お見舞い来てくれてありがとう。なのに、途中で寝るとかマジでごめん！」
「ううん！　元気になったみたいでよかったよ！」
　熱にうかされていたせいで、涙を流したときのことは覚えてないみたい。
　それがよかったのか、わるかったのかはわからないけど……。
　だって私はまだ、あのとき流した安堂くんの涙を忘れられないから。

　あの涙は、どうして流したの――？
　そんなモヤモヤした疑問を抱え、だけどそれを安堂くんに聞くことをできないまま、それからの日々を過ごしていた。
　5月から7月にかけて、ちょくちょく安堂くんに会える機会があったけど、定期テストが終わると夏休みに入ってしまい、全然会えなくなってしまった。
　メールのやりとりはするものの、どこかさみしいと思っている自分がいて。
　なんでこんなに安堂くんのことばかり考えているんだろ

う、私……。
　さみしいと思うたびに、疑問符が増えていくばかり。
　図書館に行って課題をやったり、なっちゃんと遊んだりして、毎日充実した時間を過ごした。
　でも、ただでさえ長い夏休みが、今までに感じていた以上に長く思えたのは事実だった。

　そして、そんな夏休みが明けるとすぐ。
「文化祭の出し物について話し合いをしまーす！」
「いえーい！」
　高校のビッグイベントである、文化祭の準備が始まろうとしていた。
　文化祭を3週間後に控(ひか)えた私のクラスは、すっかりボルテージMAXのお祭りモード。
「文化祭かぁ。めっちゃ楽しみだね！」
　新学期になり席替えをした結果、嬉しいことにとなりの席になったなっちゃんが目を輝かせている。
「ね！　楽しみ！」
　私も行事は好きだから、このクラスの雰囲気だけでワクワクしてきちゃうなぁ。
　高校の文化祭って、なんだかすごくキラキラしてるイメージで、小さい頃から憧(あこが)れだったっけ。
「それでは、クラスの出し物について、なにか意見のある人は挙手(きょしゅ)してください！」
　黒板の前で、学級委員長の女の子がハキハキと発言する。

やりたいものかぁ。

　この高校では、出し物は来場者による人気投票があるらしい。

　だから優勝をねらって、どのクラスも真剣。

　そういえば安堂くんのクラスはなにやるのかな……。

　……って、私ってばまた安堂くんのこと考えてる!

　今はクラスの出し物について、真剣に考えなきゃいけない時間なのに!

　頭に浮かんだ邪念を、必死に振りはらっていると。

「はい!　スイーツを販売するカフェがいいと思うんだけど、どうかな?」

　手をあげて、発言する後ろの席の柊くん。

　柊くんとは、これまたこの前の席替えで前後の席になれたんだ。

　カフェかぁ!　なんだか楽しそう!!

　それに、今まで意見が別れてバラバラだったクラスも、柊くんのひと言によって、ひとつにまとまった気がする。

　柊くんって、いつもみんなの中心になって、クラスを引っぱってくれるんだよね。

　この前の体育のときだってそう。

　ほかのクラスとサッカーの試合をしたとき、柊くんが率先して男子たちに的確な指示を出して、クラスを勝利に導いていた。

　それを応援していた女子たちもみんな、柊くんに黄色い歓声をあげてたもんね。

いつもまわりに人がいるのは、きっとその人柄も大きいんだろうな。
　結局、柊くんの意見が圧倒的な支持を受け、私たちのクラスの出し物はスイーツカフェに決定した。
「それじゃあ、準備の係はそのつど分担するとして、当日の係を決めます。接客と、調理担当、どっちがいいですか？」
　委員長がさらに話し合いを進めていく。
　接客と調理担当かぁ……。
　どっちも楽しそうだなぁ。
　どっちにしよう!?
　究極の２択に、腕を組んで頭を悩ませていると、後ろからちょんちょんと肩をつつかれた。
「ん？」
　後ろを振り返ると、柊くんが口の横に手を当て、こしょこしょ話をするみたいに話しかけてきた。
「陽向ちゃんは、どっちやるの？」
「うーん、悩み中なんだー。柊くんは？」
「俺は、陽向ちゃんが決めたら決めよっかな？」
　そう言って、なぜだかニヤニヤしてる柊くん。
　ってことは、私が決まらなきゃ柊くんも決まらないってこと!?
　ど、どうしよー！
　いや、でも柊くんはぜったい接客っぽい！
　爽やかスマイルで、『いらっしゃいませー』なんて、ウェイターの制服を着て接客してる姿、すごく似合いそうだもん。

「どちらをやるか、そろそろ決まりましたか？」
　委員長が決断を迫る。
　わっ、もう⁉　優柔不断な私は決まってないですよぅ、委員長‼
「それでは、やりたい方に手をあげてください」
　私の心の叫びが届くはずもなく、委員長は話し合いを着々と進行していく。
「接客をやりたい人は挙手！」
　委員長の声が聞こえたかと思うと、バッと勢いよく上がる、たくさんの手、手、手。
　わわわわっ！　みんな接客なの⁉
　っていうか、クラス全員が手あげてるんじゃないかな？
　じゃあ私は調理担当でいいかっ。
「じゃあ次、調理をやりたい人！」
　はーい、と手をあげる。
　そのとたん、なぜだかざわつくクラス。
　え？　え？
　今手をあげているの、私と数人の女子しか見当たらないけど、なんでそんなにざわついてるの？
　そのときふと、みんなの視線が私の後ろへと向かっていることに気がついた。
　ん？
　みんなと同じように後ろを振り返ってみると、なんと柊くんが手をあげていた。
「柊が調理⁉　おまえは集客しろよ！」

クラスの男子がツッコむ。
　その男子の意見に私も賛成だよ！
　カッコいい柊くんが接客してたら、ぜったい人集まると思うもん！
　女の子の集客率、ぐんと上がりそうだし！
　でもそのとき。
　柊くんは顔を少し赤らめたかと思うと、だれもが想像もつかないような言葉を口にしたんだ。
「だけど俺、好きな子と同じ係になりたいから！」
　突然そう叫んだ柊くんの言葉に、ざわついていたクラスが一瞬シンとして、数秒後。
「えー!?!?!?」
　教室を包む、驚きの声と悲鳴。
　もちろんその『えー!?!?!?』の中には私の声も含まれている。
　しゅ、柊くん、好きな子がいるの？
　しかもこのクラスの中に!?
　だれだろう!?　今、手をあげた人のだれかってことだよね!?
　柊くんを見あげると、柊くんはヤジを飛ばす男子たちに、ワイワイとなにか言い返していて。
　女子から人気の柊くんの大胆すぎる発言に、ＨＲが終わるまで騒ぎは収まらなかった。

　そして、次の日の放課後。

さっそく文化祭の準備が始まって、活気づくクラス。
　……というのに。
「はぁ……」
　何度目だろうってくらいに、ため息をつきまくっている私。
　だって……。
「よし、じゃあ陽向ちゃん、メニュー決めちゃおうぜ」
　目の前には、ブレザーを腕まくりして、なんだかやる気満々な柊くん。
　そう。調理担当のリーダーに、勝手に柊くんと同じ係にさせられてしまったんだ……。
　しかも、このメニューを決める係は、なんとふたりきり。
　なんで私なの!?
　柊くんには、好きな人と同じ係になってほしかったのに。
　しかもふたりきりなんて。
　完全に柊くんの恋路(こいじ)を邪魔してる……。
「おいおい、なんでそんなに暗い顔してんの？」
　向かい合わせた机に座る柊くんが、困ったように笑ってる。
　おまけに心配までかけちゃって。
　あぁ、柊くんに申し訳ないよぉ……。
「ごめんね、柊くん好きな人いるのに、私なんかと同じ係で……」
「えっ？　なにそれ」
　わけがわからないというように、目を丸くする柊くん。
「だって、私、柊くんの恋応援したいのに……」
「ははっ」

柊くんってば、私が申し訳なくて縮こまってるのに、なんで吹きだしてるのー！
「陽向ちゃんって、ホント鈍感だよなぁ」
「ん？　なにか言った？」
「なんでもねぇ！　それよりさ、俺の恋応援してくれんの？」
「うん！　もちろん！」
　私なんかじゃ微力かもしれないけど、お友達の恋を応援しないわけにはいかないもん！
　飛鳥陽向、全身全霊をかけて応援するよ！
「サンキュ！　陽向ちゃんに応援してもらえると、なんか勇気出る」
「ほんと!?」
「おう！　ひと目ボレだし、相手は鈍感だし、自信なかったけど俺なりに頑張ってみるわ！」
　そう言って、眉を八の字にさせて笑う柊くん。
　柊くんが頑張らなきゃいけない相手って、だれなんだろう。
　柊くんが恋に悩んでるなんて意外だなぁ。
　だって、こんなにカッコよくて優しいんだから、すぐに彼女さんなんてできちゃいそうなイメージなのに。
「だからさ、陽向ちゃんは元気でいて。……安堂といるときみたいにさ」
「うん！」
　ん？　なんで安堂くんが出てきたのかはわからないけど、私が笑顔を向けると、柊くんもニカッと笑った。
「おし。じゃ、メニュー決めっか！」

「あ！　一応リーダーから、去年カフェをやったクラスのメニューをもらってきたよ！　参考になればいいなって思って」
「マジで!?　陽向ちゃんナイスすぎる！」
　やったー！　ナイスだって！
　なんだか照れるなぁ。
　メニューを見てみると、そこに載っていたのはプリンやシフォンケーキ、パフェ、フルーツポンチ、スコーンなどなど、どれもおいしそうなものばかり。
　さらに、ちがう冊子には丁寧(ていねい)にレシピまで書いてある。
　ページをペラペラとめくりながら、感嘆(かんたん)の声を漏らす柊くん。
「すげぇな、なんかめちゃくちゃ本格的」
「それに、どれもおいしそう！」
「だな！　じゃあメニューはこれをもとにして決めるか！」
　……そういえば。
　安堂くんは甘いものが苦手だったっけ。
「ねぇ、柊くん。甘いもののメニューが中心だから、苦手な人のために甘くないものをなにか作りたいんだけど、どうかな？」
「甘くないもの？」
「うん。たとえば……コーヒーゼリーを作りたい！　甘いものが苦手な人のために」
　だって、安堂くんに来てほしいって思っちゃったんだ。
　甘いものが苦手な人も楽しめるような、そんなカフェに

したい。
「でも、レシピないよ？」
「私がちゃんと調べて、全部責任持つから……。ダメかな？」
　顔の前で手を合わせ、お願いをする。自分でも、必死な顔になってるってわかる。でも。
「陽向ちゃん」
　名前を呼ばれておそるおそる目を開けると、柊くんが目を細めて笑っていた。
　その瞳は温かくて、優しくて。
「ダメなわけないよ。陽向ちゃんがやりたいことに、俺が反対する理由なんてない」
「柊くん……」
「本当だったら、俺も手伝うって言ってやりたいんだけどさ、不器用だからあんまり力になれないかもしれないけど」
　ぽりぽりと頭をかきながら、苦笑する柊くん。
　ううん、その気持ちだけで嬉しいよ。
「ありがとう、柊くん……っ！」
　心からの感謝を伝えると、柊くんは「とんでもない」と言うように首を横に振った。
「陽向ちゃんにとっては初めての行事だから、最高の思い出を作ってやりたいんだ」
　柊くん……。
　入学が遅れてしまった私は、入学式とかオリエンテーションに出られなかった。
　そのことをずっとどこかさみしく感じていたから、柊く

んのその気持ちが余計に嬉しくて。
　本当、柊くんの優しさには何度も救われちゃうな。
　だからこそ、柊くんに迷惑はかけたくない。
　よーし！
　頑張って、おいしいコーヒーゼリーを作るぞー！
　そう誓って、心の中で大きくガッツポーズをした。

　それから放課後になると、私と柊くんはスイーツの試作(しさく)に励む日々を送った。
　うちのクラスのほかにも、食べ物を出すクラスはあるから、調理室を使える時間は少しもムダにはできないんだ。
　調理室でふたり、もくもくとカフェで販売するスイーツやドリンクを作る。
　完成するのにかかる時間やおいしさなどから、メニューをさらにしぼっていくんだ。
　カフェをやる上で鍵となる重要な仕事というだけあって、気合いも入っちゃう。
　調理室の中にはお菓子を焼く香りがただよってきていた。
「柊くん、スコーンできたよ！」
　オーブンの前にしゃがみ込み、中をじーっと見つめていた私は、スコーンがこんがりと焼けたのを確認して、そう声をあげた。
　うん！　見た目はいい感じにできた！
「おっ、成功した？」
　フルーツジュースに使うフルーツをカットしていた柊く

んが、その手を止めて、オーブンをのぞきに来た。
　オーブンを開けると、スコーンの香ばしい香りが私たちを包み込んだ。
「うわ、うまそーだな！」
「ねっ！」
　さっそくスコーンをオーブンから取り出し、ひと口分取り分けると、柊くんに試食してもらう。
「どう？　おいしい？」
　おいしくできていますように！と願いながらそうたずねると、もぐもぐと口を動かしていた柊くんの顔に満面の笑みが広がった。
「うまい！　陽向ちゃん、うまいよこれ！」
「ほんと!?　よかった～！」
　本当においしそうに食べてくれる柊くんに、私にまで笑顔がうつる。
　おいしくできてよかった！
　手軽にできるし、カフェのメニューにはもってこいかも！
　柊くんがスコーンを見つめながらつぶやく。
「料理うまいんだね。陽向ちゃんがお嫁さんになったら幸せだろうな」
「え……？」
　お嫁さんになったら、なんて不意打ちで言われて、ドキンと心臓が跳ねた。
　だけど。
　それ以上に動揺していたのは……。

「柊くん……?」
　柊くんが顔をまっ赤にさせて、それを隠すように腰に手を当て、くるっと私に背を向けた。
「ごめん、今俺の顔見ないで」
「えっ?」
　柊くん、耳までまっ赤……。
　そんな反応に、こっちまでドキドキと心臓が騒がしくなる。
「陽向ちゃん、ヘンなこと言ってごめん……。でも今俺が言ったこと、忘れないでほしい」
　柊くんがそう言ってこちらを振り返った。
　そのまっすぐなまなざしが、私の心をぐっとつかむ。
「……っ」
　それってどういう意味……?
　と、そのとき。
　プルルル……というケータイの着信音が、静寂を切り裂いた。
「あ、ごめん、電話だ」
　ビックリしたぁ、柊くんのスマホか!
「ううんっ」
　柊くんが私に断りをいれて、電話に出た。
　そしてしばらく話していたかと思うと電話を切り、顔の前で手を合わせた。
「ごめんっ、委員長からの電話だったんだけど、クラスの内装の方の力仕事頼まれちゃって。ちょっと行ってきても大丈夫かな?」

「うん、全然大丈夫だよ！」
　申し訳なさそうに謝る柊くんに、笑顔を向ける。
　柊くんがいたら、クラスの内装の準備もイッキにはかどっちゃうだろうし！
　試作は、ひとりでもなんとかなるもんね。
「ホントごめん……。すぐ戻るからっ！」
　そう言い残し、嵐のように去っていってしまった柊くん。
　さてと、私も試作を続けよう！
　柊くんだってクラスのためにお仕事しに行ったんだから、私もクラスに貢献できるように働かなくちゃ！
　制服の袖を腕まくりし、コーヒーゼリーの試作に取りかかろうとしたとき。
「ひなちゃん？」
　調理室の入り口の方から聞こえてきた声に、心臓がドキンッ……と反応を示した。
　振り返らなくてもわかる。この声は……。
「安堂くん！」
　声がした方を振り返ると、やっぱり安堂くんが調理室の入り口に立っていた。
「久しぶりだね、ひなちゃん」
「うん！」
　本当に久しぶり！
　夏休みの間も会えなかったし、文化祭の準備もクラスごとでやるから、なかなか会えなかったんだ……。
　でも、相変わらずカッコいいなぁ、安堂くん。

「こんなところでなにしてんの?」
　こちらにやってきた安堂くんが、調理台に手をつき小さく首をかしげる。
「文化祭でカフェやるんだけど、そのメニューの試作だよ!」
「へー。ひとりで?」
「ううん、クラスの男子とふたりで」
　それから「安堂くんのクラスはなにやるの?」と聞こうとした私は、それまでニコニコしていた安堂くんの表情が陰ったことに気づき、思わず口をつぐんだ。
「ふたり?」
「うん、そうだけど……」
「……」
　あれ? 安堂くん、黙っちゃった。
　私ってば、なにか安堂くんのキゲンを損なうようなこと言っちゃった!?
「安堂くん……?」
　心配になって、安堂くんの顔をのぞき込むように見あげたとき。
　──コテン……。
　安堂くんの上半身がこちらに向かって倒れてきて、もたれるように私の肩の上に安堂くんの頭が乗せられた。
「……っ!?」
　な、ななに!?
　いったいどうしちゃったの……!? と、ひとりあせって

いると。
「……すっげー妬ける……」
　耳に届いた、安堂くんの拗ねたような声。
「え……？」
「ほかの男とふたりきりになんてなってんじゃねぇよ、バーカ……」
　続けてつぶやかれたその声は、あまりにも小さくて。
　でも、元気がないのが伝わってくる。
　私はそっと腕をあげ、安堂くんの頭をよしよしとなでた。
「安堂くん、大丈夫……？」
「ごめん、少しだけこうさせて」
　安堂くんがそうしていたいなら、いくらでも！
　そう思うのに、横を向けば顔と顔がくっついちゃうんじゃないかってくらいの近さを自覚して、そのとたんドキドキと体に響きわたる心臓の音が大きくなっていく。
　それと比例するように、安堂くんの額が当たっている肩から熱が広がる。
　自分の鼓動だけが聞こえる静寂に、息が詰まりそう。
　もう心臓が限界かもっ……。
　と、そのとき肩にかかっていた重みがふっと消えた。
　顔をあげると、そこにはいつもの笑顔を浮かべた安堂くんがいて。
「よし、充電完了」
　え？　充電……？
「最近会えなかったから、ひなちゃん補充しておいた」

目をぱちくりさせる私に、安堂くんが満足そうな笑みを向ける。
　ねぇ、安堂くん。
　それって、安堂くんも私に会えなくてちょっとはさみしいって思ってくれてたってこと……？
　そんなふうに都合よく解釈(かいしゃく)しちゃってもいい？
「私も、会えなかった分の安堂くん、充電できた！」
「マジ？」
　安堂くんがふっと小さく吹きだす。
　安堂くんがまた笑ってくれたこと、さみしいって思ってくれていたかもしれないこと、元気そうなこと。
　全部が嬉しくて、私も思わず笑みがこぼれた。
「うんっ！」
　ただ、頬に宿った熱だけは、安堂くんが教室に戻ってしまうまで、いっこうに引いてはくれなかった。

　そして、文化祭前日。
　言うまでもなく、クラスはすっかり文化祭モードで盛りあがっています！
　校門をくぐれば、すでに文化祭一色に染まってる校舎。見てるだけでワクワクしちゃう。
　今日は準備最終日ということで授業がないから、余計にテンション上がるなぁ！
　私はというと、どこを見てもにぎやかに飾りつけされている廊下を、なっちゃんとふたりで歩いていた。

「すごいね！　どこもかしこも活気づいてる！」
「本当だよね！　明日もイベント盛りだくさんだよー！」
　文化祭実行委員でもあるなっちゃんが、分厚いファイルをペラペラとめくる。
　クラスでも盛りあげ役のなっちゃんには、文化祭実行委員っていう役職がぴったり。
「へー！　イベントかぁ！」
「軽音部のライブとか、告白大会とか、花火大会とか、そりゃあもう盛りだくさんだよ！」
「わぁ！　すごいね！」
　ざっと聞いただけでも、なんだか豪華そう……っ！
「ちなみに文化祭の花火にはね、ジンクスがあるんだよ」
　人さし指を立て、まるで先生みたいななっちゃん。
「ジンクス？」
「そっ！　互いに想い合ってるふたりが、一緒にその花火を見ると、幸せになれるんだって！」
　なっちゃんは、いつの間にか先生モードをやめて、胸の前で両手を組んで、キラキラ目を輝かせていた。
　なっちゃんには、高校に入学してすぐ付き合いはじめた彼がいる。
　背が高くて、いつもニコニコしているとなりのクラスの彼氏さん。
　幼なじみというだけあって、お互いのことをしっかり理解し合ってる、そんな素敵なカップル。
　じゃあ彼氏さんと見たいのかな、その花火。

"彼氏"かぁ……。
　人を好きになるっていう感情がいまいちよくわかってない私にとっては、遠い存在だなぁ……。
「んー、楽しみだぁー！　陽向も、楽しもうね!!」
「うん！」
　柊くんも、最高の思い出にしてあげたいって言ってくれた。
　ふたりがそうやって言ってくれてるんだから、私が楽しまなきゃだよね！
　となりで拳を突きあげるなっちゃんに合わせて、私もおーっ！と手をあげたとき。
「あ、ひなちゃん！」
　前方から私の名前を呼ぶ声が聞こえてきて。
　見れば、教室の外装の飾りつけをしていた安堂くんが、クラスメイトの輪をかいくぐって、こちらへと走ってくる。
　ワイワイと楽しそうに準備している中、私を見つけてまっ先にこっちに走ってきたくれたことに、胸がくすぐったくなって頬がゆるむ。
　安堂くんは、いつも私のこと見つけてくれるなぁ。
「ひなちゃんのクラスは、準備順調？」
「順調だよ！　安堂くんのクラスは、なにやるの？」
　そういえば、聞いてなかったような。
　すると、安堂くんは口の前に人さし指を立ててニコッと笑った。
「ヒミツ。来てくれたらわかるよ」
　えー！　ヒミツって言われたら、余計に気になっちゃう

よー!」
「教えてよー!」
「ダーメ」
「むー! 安堂くんの意地悪〜」
　むくれる私に、安堂くんはふっとイタズラっ子みたいな笑みを浮かべたかと思うと、私の肩に手を置き、そっと耳もとに顔を近づけてきた。
「その代わりって言ったらなんだけど、今日一緒に帰らねぇ?」
「えっ……?」
　ドキンッと心臓が跳ねあがる。
　キャーッとまわりの女の子たちが悲鳴をあげているけど、私の心に余裕はなくて。
「……も、もちろんです!」
　そう答えるだけで、精いっぱい。
　ドキドキしすぎて噛んじゃったし、なぜか敬語になっちゃったけど……。
　嬉しい……っ。
「じゃあ放課後、迎えに行くから」
　顔を離しつつそうささやいて、クスッと微笑んだかと思うと、安堂くんはクラスの方に戻っていってしまった。
　ぽーっと立ちつくしたまま、安堂くんの後ろ姿を見つめる私。
「……なた! 陽向ー?」
　突然耳に届いたなっちゃんの声に、思わずハッとする。

「わっ！」
「陽向ったら、安堂くんに見とれすぎー！」
　えっ、私ってば見とれてた？
　そういえば、まだ心臓がざわついてる。
　私……どうしちゃったんだろう。
　最近、安堂くんにドキドキしっぱなしだ……。
　この気持ちは、いったいなんなの……？

「よし、食材の準備完了だな！」
　明日のための仕込みを終えて、パンパンと手をたたき、柊くんがそう言った。
「終わったぁー！　お疲れ！」
　いつの間にか、教室には私と柊くんのふたりしか残っていないという状況になっていた。
　私と柊くんはつい熱中して、ほかの人の仕事も引きうけていたから遅くなってしまった。
　時計にちらりと目をやる。
　もう５時かぁ……。
　明日が文化祭当日ということで、みんな自分の仕事が終わり次第下校だったから、ほかの教室にも人はほとんどいない。
　一緒に帰る約束をした安堂くんは、まだ来ていない。
　安堂くんのクラスも準備がまだ終わっていないのかな。
「シフトも一緒だし、よろしくな！」
「う、うん……」

ふいにとなりで柊くんが放ったその言葉に、私はイッキに自己嫌悪に陥る。
　……そう。
　あろうことか、私たちはシフトまでほぼ一緒になってしまった。
　とことん柊くんの恋の邪魔しかしてないじゃん、私……。
　本当だったら柊くんの好きな子にも土下座して謝りたいくらいだけど、何度聞いても柊くんは『内緒』って言って、好きな子を教えてくれない。
　それに柊くんは私を気遣ってか、イヤな顔ひとつ見せないんだ。
　柊くんの優しさに、余計に申し訳なくなるよ……。
「明日の花火、好きな子と見られるといいね」
　私は窓枠に手をつき、柊くんの方に顔を向けた。
　想い合ってるふたりが見ると、幸せになれるというジンクスの花火。
　せめて、柊くんがその花火を好きな子と見られたらいいな。
「ありがとな！　俺、好きな子と花火見るつもり」
　柊くんが私のとなりに来て、同じように窓枠に手をつき、まぶしそうに外を眺める。
「そうなんだぁ」
　なんだかロマンチックだな……。
「で、花火見る前に告って、花火を見ながら、こうしたいって思ってる」
「え……？」

柊くんの声が真剣味を帯びたことに気づいた私は、ふいにとなりへ顔を向けた。
　すると、柊くんが大人っぽい微笑みを浮かべて。
　と、次の瞬間。
　私はなぜか柊くんの腕の中にすっぽりと収まっていた。
「……!?」
　な、な、なに!?
　なにが起こってるの……っ!?
　私……っ、抱きしめられてる……!?
「明日の練習させて……?」
　私の耳に届いた柊くんの声で、少しだけ冷静さを取りもどす。
　あ、あぁ……!　明日の練習か!
　もう、ビックリしたぁ!
　心臓がおかしくなっちゃいそうだけど、練習なら付き合ってあげないと、だよね……?
　おずおずとうなずいたのと、"それ"は同時だった。
「ひなちゃん、遅くなってごめ……」
　突然、耳に届いた声。
　ドアの方に目を向け、私は思わず目を見開いた。
　だってそこには——こちらを見て呆然と立ちつくす安堂くんの姿があったから。
「ひな、ちゃん……」
「っ……」
　反射的に柊くんから距離をとった。

だけど安堂くんは、くるっと背を向けたかと思うと、歩いて行ってしまう。
「あ、安堂くん……っ」
　さっきの安堂くんの顔が今もはっきりと、そして残酷(ざんこく)に脳裏(のうり)に焼きついて、胸を締めつける。
　あんな悲しそうな顔は……初めて見た。
　きっと、私があんな顔させちゃったんだ……。
　私は柊くんの方を向いた。
「ごめんね、柊くん……っ。私、安堂くんのとこに行くね！」
　柊くんがなにか言いたそうな顔をしたけど、私はどうしても安堂くんのことを追わないといけない気がして、気づけば走りだしていた。
「待って……！」
　だれもいない放課後の廊下に、私の声が響きわたった。
　前方を歩く安堂くんが立ち止まり、ゆっくりと振り返る。
　その瞳は切なすぎるほど、深く暗い色をしていて。
「安堂、くん……？」
　そうつぶやいた次の瞬間、手首をつかまれ、ぐいっと近づく安堂くんの顔。
　ドキンッ……。
　いつもとちがう、強引で荒々しさをはらんだ安堂くんの表情に、心臓が早鐘を打つ。
「な、なっ……」
　か、顔が近いよ……っ。
　私を見つめて、安堂くんが口を開いた。

「なんでほかの男に抱きしめられてんだよ……」
「え……？」
「アイツじゃなくて、俺だけを見てろよ。アイツにもう、笑顔見せないで」
「……っ」
　怒気を含んだような、かすれた安堂くんの声。
　その瞳は、切なさと苦痛の色に染まっていて……。
　でも……。
　どうしていきなり、そんなこと言うの……？
「笑いかけないなんて、ムリだよ……っ」
　柊くんは友達だもん……っ。
　私の抵抗に、安堂くんは小さく息を吐きだした。
「……あぁ、そっか……。ごめん、今日は俺、ひとりで帰るわ。ちょっと、頭冷やさせて」
　え……？
　切ない声でそう言った安堂くんに、私は思わず目を見開いた。
　どうしてそんなに悲しそうな顔をするの……？
　安堂くんは立ちすくむ私の手首から手を離すと、さっと背を向けて歩きだした。
　いつもの、安堂くんじゃない。
　あっけなく離れていくふたりの距離。
　今まで見たことのない安堂くんの態度にとまどうとともに、胸が苦しくなる。
「どうして……？　どうして、帰っちゃうの……？」

やっとのことで絞りだした私の言葉に、安堂くんが足を止めた。
「…………」
　だけど、なにも答えてはくれない。
　私、嫌われちゃった……？
「……じゃあね」
　こちらを見ないまま手をあげ、再び歩きだす。
　安堂くんが行っちゃう……。
　さっきの安堂くんの切ない表情が頭をよぎる。
　今離れたら、私たちの心が永遠に離れ離れになってしまう気がして。
　遠ざかって行く背中は、曲がり角を曲がると、私の視界から消えてしまった。
　なにもできずただ立っているだけで、いいの……？
　安堂くんにあんな顔をさせてしまったままで、私は……。
　……そんなの、イヤだ。
　私はぎゅっと拳をにぎりしめて、駆けだした。
　行ってほしくないって、体中が叫んでいるの。
　だけど……走っても走っても、安堂くんの姿はどこにも見当たらない。
「安堂くん……っ」
　もう、帰っちゃったんだ……。
　階段の踊り場まで来たところで、私は立ち止まった。
　うつむいていると、涙がひと粒、床に落ちていくのが見えた。

……あれ、私なんで泣いてるんだろう……？
　わからない。
　わからないけど、なんだかすごく心が痛いの……。
　これ以上涙があふれないように、腕で目を覆う。
「うっ……。ごめんなさい、安堂くん……。でも私……安堂くんと一緒にいたい……」
　ほろほろと口をついて出る言葉は、紛(まぎ)れもない私の本音。
「安堂くんと笑いあっていたいよ……」
　ガランとした、だれもいない階段の踊り場に私の声が響き、そして静寂に吸い込まれていく。
　安堂くんがどこか遠くへ行ってしまう、そんな気がしてすごくツラいの……。
「うぅっ……安堂、くんっ」
　涙をこらえながら、一歩踏みだす。
　でも、涙で視界が歪んでいたからかな。
　私は、目の前が階段だということに気がつかなかったんだ。
　──あっ!!
　そう思った瞬間には、もう遅かった。
　踏みだした足が宙に浮き、体が前に傾く。
「きゃっ……！」
　ガクンと、眼前に階段が迫る。
　お、落ちる……！
　ぎゅっと目をつぶったとき、後ろから腕を引っぱられて。
　そのまま強く引き寄せられ、私の体は後ろから、なにかに包み込まれた状態になっていた。

あれ……？
　私、落ちてない……？
　それと同時に、ふわりと甘い香りに包まていることに気がつく。
　この甘い香りは……もしかして……。
「安堂くん……」
　まちがいない。
　この香りは安堂くんだ。
　安堂くんが、落ちる私を後ろから抱きとめて助けてくれたんだ……。
　やっぱり、私のヒーローだ……。
「あ、ありがとう……」
　そう言って離れようとした私は、抱きとめられた状態のまま、体が動かないことに気がついた。
「もう、大丈夫だよ……？」
　とまどいがちにそうつぶやくけど、安堂くんはなぜか離してくれなくて。
　それどころか、逆に強まる力。
　後ろからぎゅっと抱きしめられてる……。
　へ……？
　な、なんで離してくれないの……!?
　密着してる体と、耳にかかる安堂くんの吐息に、心臓が暴れだす。
「あ、安堂くん……っ？」
「……もう、限界。そういうこと言うなよ……」

パニックに陥る私の耳に届いた、安堂くんのかすれた声。
「えっ……？」
「あのさぁ、理性保ってるこっちの身にもなれよ……」
「……っ！」
　安堂くんの言葉にある可能性を見出し、体がイッキに熱を帯びる。
　もしかして……。
「さっきの、き、聞いてたのっ……？」
「全部、丸聞こえだっつーの……」
　うそ……っ！
　う、うわー！　はずかしい……っ！
　だれもいないと思って、いろいろ話しちゃったじゃない私！
「なのになんだよ……。マジで可愛すぎだし、反則……。心臓がもたねぇっつーの……」
　さっきまであんなに悲しかったのに、耳に甘い吐息がかかり、暴れだす鼓動。
「なっ……！」
「全部、俺のもんになればいいのに……」
「……え？」
　あまりにも小さな安堂くんの声に、聞き直そうとしたとき。
　——カプッ。
「ひゃ、ひゃあっ！」
　ななな、なに……!?
　今……、み、耳を甘噛みされた……っ!?

パニックになって気が動転している私をよそに、安堂くんがゆっくりと体を離した。
　解放され気が動転しながらも後ろを振り返ると、目の前にはイタズラっ子のような笑みを浮かべる安堂くん。
「……なーんてね。ひなちゃんおもしろいから、ちょっとからかった」
「ええっ!?」
　じゃあ、抱きしめて離さなかったのも、ふざけて……っ？
「あ、安堂くん、ひどい……っ」
「ごめんって！　だってひなちゃんが可愛すぎるからさー！」
　手を合わせて謝りながらも、ケラケラと笑う安堂くん。
　ひとりでドキドキしてたなんて、本当はずかしい……っ！
「でもま、ひなちゃんも悪いからな。原因作ったのは、ひなちゃんだし」
「えっ？」
　げ、原因？
　私ってば自分でも気づかないうちに、原因作るようなこと、しでかしちゃってた……っ？
「言ったよな？　これ以上煽ったら襲うよって」
　そう言って、ふたたびニヤリと妖しい笑みを浮かべる安堂くん。
　目がギラッて光ったよ、今！
「煽ってなんかないもん……」
「俺にとっては、最上級の煽りだっつーの！」
　え？と聞こうとしたとき、安堂くんに両頬をつままれ、

横に引っぱられた。
「ふえっ」
「んー、ま、可愛いから許してやるか」
　ええー？
　なんだか安堂くん、いつの間にか自己解決してるし、意味不明なこと言ってるけど、まぁいっかぁ。
　安堂くんが笑ってくれるなら、それでいいや。
「さっ、帰ろっか、ひなちゃん」
「うん！　じゃあ、荷物取ってくるね！」
　私は安堂くんに笑顔を向けて、スクールバッグを取りに、教室へと走りだした。
　教室に戻ると、柊くんの姿はもうなかった。
　告白の練習の途中だったのに、安堂くんを追って教室を飛びだしちゃって、柊くんには、わるいことしちゃったな……。
　あのときは夢中だったとはいえ、置き去りにしちゃったんだから。
　明日謝ろうと思いながらも、『ごめんね、柊くん』と心の中でそうつぶやいた。

ひなちゃんしか
見えてない

キミが笑顔の裏に隠したヒミツを
私はまだ知らなくて

そして、いよいよ今日は待ちに待った文化祭当日！
　私のクラスのカフェは大繁盛！
　開始とともにお客さんであふれる教室。
　接客係は可愛らしいメイド服やウェイトレスの衣装に身を包み、接客に大忙し。
　そんな中、私はというと。
「飛鳥さん！　早く切って！」
「は、はい!!」
　教室の３分の１ほどに区切られた調理スペースで、自前のエプロンを着て、フルーツポンチのフルーツを次から次へとカットしていた。
　予想以上のお客さんの多さに対して、人数の少ない調理係は、開始からもうてんやわんや！
　このあとはコーヒーゼリーの補充分も作らなくちゃいけないから、忙しくて目が回りそう。
　となりでは柊くんが、男子だからと率先してシフォンケーキの生地を混ぜてくれている。
　ふぅ、とため息をついたとき、仕切りの間からメイド服を着たクラスメイトの姿が見えた。
　可愛いなぁ、メイド服。
　でもきっと、私じゃ似合わないんだろうなぁ……。
「ほら、飛鳥さん！　突っ立ってないで手を動かして！」
　メイド姿のクラスメイトをぼんやり見つめていると、調理班のリーダーの怒声（どせい）が飛んできた。
「は、はいっ！」

ひーっ、怒られちゃった!
　私にはぼーっとしてる時間なんてないんだった!　調理に専念しなきゃ!
　気合いを入れ直し、コーヒーゼリーの用器に手を伸ばした。

　そして、カフェが開店して2時間がたった頃。
「みんなお疲れ!　シフトチェンジの時間よ!」
　そんなリーダーの声が、耳に飛び込んできた。
　おお、シフトチェンジだぁー!
　ってことは、これからはお待ちかねの自由時間ってことで。
　そうだ!　なっちゃんと一緒に、安堂くんのクラスに遊びに行ったりしたいなぁ!
　昨日の帰りに勇気を振りしぼって、クラスのカフェに来てほしいって言ったけど、安堂くんもシフトがいっぱいいっぱいに入ってて、行けないかもって言ってたんだよね。
　エプロンをたたみながらそんなことを考えていると、頭上から声が降ってきた。
「陽向ちゃん、ちょっといい?」
「柊くん!」
　顔をあげると、柊くんが立っていた。
「どうしたの?」
「あのさ……、陽向ちゃんは、今日の3時から体育館で告白大会があるの知ってる?」
　告白大会……?
　あぁ、実行委員をやっているなっちゃんがそんなことを

言ってた気がする。
　たしか、なっちゃんは司会進行役もやるって言っていたはず。
　体育館のステージ上で、好きな人に告白するっていうイベントだっけ。
「うん、知ってるよ！」
「俺さ……それで好きな子に告白しようと思ってるんだ。だから、陽向ちゃんに来てほしいなって思ってさ……」
　そう言う柊くんの瞳はまっすぐで、こっちがドキドキしちゃうくらいに真剣で。
　柊くんの本気がすごく伝わってくる。
　そんな柊くんの恋の応援を、しないわけがない！
「もちろん、私も行くよ！」
「サンキュー！　俺、頑張るから！」
　ニカッと、白い歯をのぞかせて笑う柊くん。
　恋の応援なんて初めて。恋というものを、こんなにも近くに感じるのも初めて。
　だけど、だれかを好きになるって、こんなにもまっすぐで温かいものなんだって、柊くんを見ていたらわかった気がするの。
「うん、頑張れ！」
　ガッツポーズをしてみせると、柊くんは笑いかけてくれたけど、そのあとなぜか気まずそうな顔になった。
「……あのさ、陽向ちゃん」
　いつもより少しだけ暗い、とまどいがあるような柊くん

の声。
　なんだか柊くんらしくない。
「どうしたの？」
「……陽向ちゃんはさ、安堂と付き合ってるの？」
　……へ、へ、へへへー!?!?
　なにを言いだすかと思ったら、予想外発言すぎるよ、柊くん！
　私と安堂くんが、つ、付き合ってるー!?
　ビックリしすぎて、目玉が飛びだしちゃうかと思ったよ！
「ないない！　付き合ってない！」
　両手を顔の前でバタバタさせてあわてて否定する私。
　そんな私とは対照的に、なぜか嬉しそうな笑顔になった柊くん。
「……よかったー。陽向ちゃんが安堂と付き合ってるって噂で聞いたからさ。でもこれで望みあるな！」
「へ？　どういうこと？」
　柊くんの言ってる意味が、よくわからないよ？
　きょとんとして首をかしげる私に、今度は柊くんが両手をバタバタさせた。
「あぁ、こっちの話だから気にしないで、ね？」
　ちょっと気になるけど、柊くんがそう言うなら、いっかぁ！
　納得をしたそのとき聞こえてきた、遠くから私の名前を呼ぶ声。
「陽向ぁー！」
　あ！　この声は、なっちゃんだ！

「なっちゃーん！」
　声をした方に顔を向けると、なっちゃんが人混みをかきわけてこちらへ来る姿が見えた。
「じゃあ、俺そろそろ行こうかな」
　背後から聞こえてきた声に振り向くと、柊くんがエプロンをたたみ終えたところだった。
「告白大会、頑張ってね！　応援してるから！」
「おう！　頑張るぜ！」
「うん！」
　飛び切りの笑顔とVサインを見せて、柊くんはクラスの男子が待つ廊下へと出ていった。
　それと同時くらいに、なっちゃんが私のもとに到着した。
「陽向お疲れー。私もやっと、実行委員の仕事が一段落ついた！　よし、遊びに行こう！」
「行こ行こ！」
　私は笑顔でなっちゃんに向かってうなずく。
　実行委員のなっちゃんと空き時間が一緒になって、本当によかったー！
　一緒に文化祭をまわるために、相談してシフトを組んだ甲斐（かい）があったよ！
「とりあえず、近くの教室からまわろうか！」
「うんっ！」
　ひとたび廊下に出ると、ほかのクラスの出し物の数々に目を奪われる。
　お祭りの屋台の再現や、お化け屋敷、占いの館などどれ

も楽しそうで魅力的で、なっちゃんとふたりテンションが上がっちゃう。
「ねぇ陽向、あれやりたい！」
　となりを歩いていたなっちゃんが、突然ぐいっと手を引き、私の体を止めた。
「ん？　なぁに？」
「あれあれ！」
　なっちゃんの指差す先に目をやると、そこには金魚すくいならぬスーパーボールすくいの屋台が。
「私、じつはスーパーボールすくいが大の得意なんだよね〜」
　なっちゃんが得意げに、えっへんと胸を張る。
「へぇ、そうなんだ！」
「見てて？　ちょちょいのちょいで、スーパーボールたくさんゲットしてみせるから！」
　そしてなっちゃんは、宣言どおりひとつのポイで30個ものスーパーボールをすくうという凄技を披露し、私はもちろん、まわりの人たちを驚かせた。
　それに比べて、私なんか1回でポイが破れてしまい、収穫ゼロ……。
　あらためてなっちゃんのすごさを実感しちゃう！
　こうしてふたりで文化祭をまわっていると、学校生活じゃ見つけられないなっちゃんの新たな一面を知ることができて嬉しいな。

　それからも射的をやったり、アイスを食べたり、校内を

見てまわって文化祭を満喫(まんきつ)していると、あっという間に時間が過ぎていて。
「陽向はほかにどこか行きたいクラスある？」
　パンフレットを見ながら、なっちゃんがそうたずねてきてくれた。
　はずかしさを感じながらも、おずおず口を開く。
「私、安堂くんのクラス、行きたいな……」
「あっ、それいいね！　じゃあ安堂くんのクラスの出し物見てこようか！」
　驚くほど快(こころよ)く受けいれてくれたなっちゃん。
　なっちゃんが賛成してくれたので、私たちは安堂くんのクラスへと向かうことになった。
　だけど……。
「すっごい人ー！」
　安堂くんのクラスの前の廊下に、人だかりができている。
　しかも女の子ばかり。
　これじゃあ、クラスの中に入れそうにないなぁ。
「なにやってるのかなぁ。近づいてみる？」
　人混みをかきわけながら前へと進むと、ざわざわと騒がしく声が飛びかう中、聞き慣れた声が耳に届いてきた。
「お姉さんかわいいねー。俺と遊ばない？」
　え……？
　顔をあげると、少し離れたところに見えた安堂くんの姿。
　廊下前にできた人だかりの中心に立っていたのは、安堂くんで。

安堂くんが女の子の肩を抱き、微笑みかけている。
　ほかの女の子たちも、安堂くんの首に手を回したり、腕を組んだりしていて……。
　なに、これ……。
「いいじゃん、ね、俺と遊ぼ？　いいこと……してあげるからさ？」
　安堂くんの甘い声に、女の子たちから黄色い悲鳴があがる。
　ドクンッ……。
　心臓がイヤな音をたて、目の前で繰りひろげられる光景から、思わずバッと目をそらしている自分がいた。
「陽向……」
「なっちゃん、行こう……」
　私は逃げるように、人混みをかきわけてその場から走りだした。
　でも走っても走っても、さっきの光景が頭の中にこびりついて、心の中をなにかまっ黒なものが支配する。
　安堂くんのあんな姿、見たくなかったよ……。
　安堂くんがほかの女の子に触れていることが、許せなかった。
　なんで、こんなに胸が痛いの……？
　走って走って、私は人のいない理科室までやってきた。
　人通りの激しい廊下から隠れるように、ドアを思い切り閉める。
　それに続いて、ガラガラッとドアが開き、追いかけてくる足音。

「陽向！」
　なっちゃんが、理科室のまん中で立ちつくす私に、なにも言わずに寄り添ってくれる。
　混乱した頭の中を整理できなくて、ぎゅうっと目をつむりうつむいていると、なっちゃんの優しい手が背中をさすってくれた。
　その手の温もりに、少しずつ冷静さを取りもどしていく。
　だけど、胸はまだ痛くて。
　なっちゃんは、そんな私のそばにずっとついていてくれた。
「なっちゃん……なんでこんなに胸が苦しいの……？」
　やっと落ち着いた頃、私はぽつりと声を発した。
「陽向……」
　なんで、こんなにもまっ黒な感情に心が支配されそうになるんだろう。
　安堂くんのことを想うだけで、心が押しつぶされそうになるの……。
「陽向、たぶんね、その感情は……」
　なっちゃんがそうつぶやいたとき、その続きを遮るように突然校内アナウンスが流れてきた。
　──ピーンポーンパーンポーン。
『文化祭執行部からのお知らせです。3時より体育館で、毎年恒例の告白大会が行われます。エントリーしている方は速やかに体育館にお集まりください』
　告白大会……。
　あっ、柊くんを応援しに行く約束してたんだ。

「ごめん！　私、告白大会の進行係になってたんだった！体育館に行かなきゃいけないんだけど……陽向はどうする？」

　心配そうに、私の顔をのぞき込むなっちゃん。

　ひとりになっちゃう私のことを心配してくれてるんだ。

　……いつまでもうじうじしてちゃダメだよね。

　柊くんの応援は、行かなきゃいけない。

　だって、約束したから。

「私も、体育館に行くよ」

「え……？　大丈夫？　まだゆっくりしていたら？」

　とまどいがちにそう提案してくれるなっちゃんに、私はううん、と首を横に振る。

「私ね、約束があるから行くよ」

「そっか」

　私の強い意思を理解して、優しく微笑みかけてくれるなっちゃん。

「よし、じゃ行こ！」

「うん！」

　私となっちゃんは、体育館に向かって走りだした。

　気持ちを切り替えなきゃ……！

　きっと、今の私にできることは、柊くんの応援に全力を尽くすことだから。

『みなさーん！　盛りあがってますかー!?　毎年恒例の告白大会が始まりますよぉー！』

「いえーい!!!!」

　司会であるなっちゃんのかけ声に、体育館のボルテージがイッキに上がる。

　私はというと、盛りあがりに圧倒され気味だけど、それよりもこんなにこの会場を盛りあげられるなっちゃんの司会ぶりに感激しちゃって。

　私なんかには、とうていムリな仕事だもん。

　なっちゃん、本当にすごい……！

　体育館には大勢の人が詰めかけている。

　だけど、アナウンスが入ってすぐに体育館に来たから、幸運にも前方中央の場所を取れた。

　ちょっとでも遅れてたら、きっと後ろの方になっちゃってたはず。

　よしっ、これで心おきなく柊くんの応援ができる！

『それでは、エントリーNo.1番！　成宮佐和さん、前に出てきてください！』

　なっちゃんのかけ声に、ひとりの女の子が壇上に上がる。

　たしか……生徒会副会長の女の子だよね!?

　副会長の告白ということで、まわりもざわめきだす。

　小柄で細くて、ショートカットの髪型とキリッとした目もとが印象的な副会長さん。

『なんと！　トップバッターは副会長です！　それでは、告白したい相手の名前をどうぞ！』

　副会長さんは緊張した面持ちで、マイクを受けとると、大きく息を吸った。

『生徒会長、種村翼さん！』

せ、生徒会長!?

集会のときに何度か見たことあるけど、生徒会長さんってたしか……サラサラな黒髪のすごく温厚そうな感じの人だったよね。

副会長が生徒会長に告白ということで、いっそうざわめきが大きくなる。

体育館の端の執行部の列に並んで、目を丸くしている生徒会長さんに、体育館中の視線が集まった。

腰かけていたパイプ椅子から立ちあがりながらも意表を突かれたように驚いているところを見ると、彼女の好意には気づいていなかったみたい。

『……あなたが、以前想っていた女性のことを今でも忘れられていないことは、重々承知しています。だけど、少しだけ私のことを女として見てくださいませんか？　私は会長のそばにいたいです！』

副会長さんの告白に、体育館がイッキに静まる。

その強気な声は微かにふるえていて、聞いているこっちにまで緊張が伝わってくる。

告白、成功するといいな……。

『それでは生徒会長！　お返事をお願いします！』

なっちゃんにうながされ、ステージ前へ歩みでた生徒会長が、壇上の副会長を見あげる。

「成宮さん、告白ありがとう……。キミがそんな風に想ってくれてたなんて知らなかった」

シーンとした体育館に響く、生徒会長の声。
　うわわ、こっちまでドキドキしちゃうよ……。
「……少しずつになってしまうかもしれないけど、僕ももっと成宮さんのことを知っていきたいです」
　……ってことは、告白成功!?
　緊張がほぐれ、ふぅっ、と私がため息をついたのと同時に、まわりから割れんばかりの拍手が巻きおこった。
　みんな、ふたりを祝福してる。
　もしこれから、さらに仲よくなって、付き合いだしたら、まちがいなくビッグカップルだよね。
　あのふたり……幸せになったらいいな。
　だって、まっ赤な顔で照れてる副会長さんも、そんな彼女に笑いかけてる生徒会長さんも、なんだかお似合いな気がするから。

　それから、何人かの告白が続いた。
　成功した人も、残念ながら想いが実らなかった人もいるけど、どの告白も誠実でまっすぐで、見ていて心を打たれるものばかり。
　そして、いよいよ……。
『さぁ、次はエントリーNo.8!　早良柊くん、前に出てきてください!』
　柊くんの番。
　ドキドキする気持ちを抑えきれず、私は胸の前でぎゅっと手をにぎり、壇上に上がる柊くんの姿を見守る。

『ここで、サッカー部エースの登場です！　それでは、告白したい方のお名前をどうぞ！』

係の人からマイクを受けとった柊くんが、大きく息を吸い、叫んだ。

『陽向ちゃん！』

……え？

人ちがいかと思った。

同じ名前の人なんじゃないかって。

だけど、壇上の柊くんの視線は、まっすぐに私へと向けられていて。

まわりの人たちもざわつきだし、私のまわりにぽっかりと丸い空間ができた。

今起きている状況を悟ったのと同時に、ドキドキと暴れだす鼓動。

『ビックリさせちゃってごめんね。ずっと好きだって言ってたのは、陽向ちゃんのことだったんだ。最初はひと目ボレだったけど、どんどん好きになっていった』

……うそ。

柊くんが私のことを……？

全然、気づかなかった……。

『だから……俺と付き合ってください』

「……っ」

痛いほどの静寂の中、自分の鼓動の音だけが体じゅうに響きわたる。

——ドキンドキン……ッ。

嘘偽りのない柊くんの気持ちが、胸に込みあげてくる。
　だけど。
　なんでこんなにも、苦しいの……？
『そ、それでは、お返事を、どうぞ……』
　動揺したなっちゃんの声が耳に届く。
「……わ、私は……」
　カラカラに渇いた口を開き、やっとのことで声を発した、そのとき。
「飛鳥陽向！」
　えっ……？
　突然、後ろの方から聞こえてきた私の名前を呼ぶ声に振り向くと、体育館の入り口にキツネのお面をつけた人が立っていた。
　入り口付近にはほかに人がいないことから、声の主はまちがいなくキツネ面をつけた彼で。
『こ、これは、まさかの三角関係でしょうか……っ』
　なっちゃんのうわずった声。
　な、なにが起こってるの……？
　人波をかきわけこっちに走ってきたキツネさんが、まだ状況を理解できずに混乱している私の手首をつかんだ。
「……っ！」
　そして、壇上の柊くんに向かって声をあげる。
「わるいけど、この子だけは譲れない」
　──ドキンッ。
「きゃーっ!!!!!!」

まわりから上がる悲鳴の中、キツネさんの声が耳に届いた。
「行こう」
　キツネさん……。
　私は……走りだしていた。
「陽向ちゃん……！」
　私の名前を呼ぶ柊くんの声が、背中に当たる。
　ごめんね、柊くん。
　キツネさんに手を引かれるまま、それに抗うわけでもなく、自分の意思で走っていたの。
　だって、お面の隙間から見えたんだ。
　赤く輝くピアスが——。
　体育館の人だかりの中を、手を引かれて走る。
　ざわめく体育館を抜けだし、私たちは走り続けた。
　なんで……来てくれたの？
　なんで……いつもこのタイミングなの？
　なんで……あなたなの？
　私の手を引いて走るキツネさんの後ろ姿に、声にならない心の声を投げかける。
　そうして、いつの間にか気づいてしまったの。
　自分の気持ちに——。
　だれもいない校舎裏まで来たところで、キツネさんが立ち止まり、私も走る足を止めた。
　はぁはぁ、と乱れた呼吸を整えていると、キツネさんが振り返った。
「いきなり連れだしたりしてごめん。それじゃ」

くるっとまた背を向け、歩きだそうとしたキツネさん。
　い、行かないで……っ。
　——バシッ。
　気づけば私はその手首をつかんでいた。
「待って……、安堂くん……！」
　その言葉に、キツネさん——安堂くんは立ち止まり、そして観念したように、ゆっくりとキツネのお面を取った。
「バレた？」
　そう言って、困ったように眉をちょっと下げ、くしゃりと髪をいじって笑う安堂くん。
　私はこくっとうなずいた。
「事を荒立てたくなくてキツネ面つけたんだけど、やっぱりひなちゃんにはかなわねぇな」
「安堂くん……」
「ごめんね、急に連れだして」
　安堂くんはそう言って、自嘲気味に笑うけど。
　でもね、私は……、
「来てくれて嬉しかった……」
　そうつぶやいた、次の瞬間。
　ぐいっと手を引かれたかと思うと、私の体はふわりと甘い香りに包まれていた。
　ほ、えっ……？
　抱きしめられていると気づいたのと同時に、ぽうっと熱を持つ頬。
　な、なんで抱きしめられてるの!?

「俺さ、ひなちゃんのことになると、マジで余裕なくなんの」
「え……？」
　状況を理解しきれず混乱してるっていうのに、安堂くんの言葉にまたも心臓を乱されてしまう。
「取られると思って、マジであせった……」
「……っ」
　耳元に触れる、甘い吐息に私の心臓は爆発しちゃいそうで。
　だって、あせってくれていたなんて。
　取られたくなかったって……？
　安堂くんの言葉の意味を考えれば考えるほど、頭が熱を持つような感覚を覚える。
　安堂くんが、そっと体を離した。
　わわっ……！　私、顔まっ赤なのに、見られちゃう！
「ダ、ダメっ……」
　まっ赤に火照った顔を見られないように、必死に手で顔を覆うけど、
「ダーメ。見せて？」
　そう言ってニヤリと笑う安堂くんに手をつかまれ、いとも簡単に顔の前の手ははがされてしまう。
　恥ずかしいーっ！
　……って、……ん？　あれ？
　安堂くんはなにも言わない。
　不思議に思って、おそるおそる目を開くと、目の前には頬をほんのり赤くした安堂くん。

あれれ？　さっきまで余裕の笑みを浮かべてたのに、私の火照りがうつったみたい……。
「安堂くん……？」
「あのさ……、顔まっ赤とか、マジで可愛すぎ」
「へっ……」
　またまたの不意打ちの言葉に、さらに顔が赤くなるのが自分でもわかる。
「俺以外の男に、そんな顔見せんなよ」
「……っ」
　な、なんでそんなこと言うの、安堂くん……。
　そんなこと言われたら、また顔の赤さが増しちゃうよ……っ。
　パニックになりながらも「うん」とうなずきかけて、私は胸の中のとある違和感に気がついた。
　そういえば……私、安堂くんに怒ってたんだった！
　うなずきかけていた首の動きを、あわてて横の動きに変える。
「や、やだっ！」
「へ？」
　私のその反応は予想していなかったのか、ぽかんとした表情の安堂くん。
「わ、私、怒ってるの！　さっき見たんだから！　安堂くんが、女の子を手当たり次第に口説いてるとこ！」
　すると、安堂くんは目を見開き「あぁ……！」となにかひらめいた表情になって、そしてなぜか笑いだした。

えっ？　安堂くんの表情がコロコロ変わって、頭が追いつけない！
　な、何事!?
　っていうか、なんで笑いだしたの!?
　楽しい話なんてしてないのに！
「あ、安堂くん!?」
「ヤベー、ひなちゃんおもしろすぎ」
「えっ、おもしろいっ？」
　全然おもしろくなんてないよ！
　私はいたってマジメだし、それに本気で怒ってるんだから！
「ふふっ、たぶんね、それクラスの呼び込み」
　笑いを堪(こら)えながら告げられた事実に、私はポカンと口を開けた。
　呼び込み……？
　で、でも、呼び込みだとしても、やりすぎじゃあ……。
「俺らのクラスの出し物が、ホストクラブなんだよ。だから、ホストっぽい呼び込みしろって言われてさぁ。で、あんな感じになったってわけ」
　う、うそ……っ！　そうだったんだ……。
　じゃあ、いろんな女の子を口説いていたわけじゃないんだ。
　勘ちがいでよかったって安堵する心と、理由を知ったものの、さっきの光景を思い出してやっぱりモヤモヤする気持ちとがせめぎ合う。
　この胸に残るモヤモヤはなんだろう……とひとり考えを

巡らせていると。
　——ダンッ。
　と安堂くんがいきなり私の顔の横の壁に手をついた。
　ふいに視界いっぱいに安堂くんの首が広がったと思うと、突然ぐいっと近づいた安堂くんの端整な顔。
　へ……っ。
　前にも似たようなことがあった気がするけど、至近距離の安堂くんの顔にはやっぱり心臓が耐えられないよ……っ。
　こんな状況にふつうでいられるわけがなくて、さっと目をそらすけど。
「ひなちゃん、俺を見て？」
　安堂くんにうながされておそるおそる顔をあげると、目の前には笑みの消えた、真剣な安堂くんの顔。
「ねぇ、ひなちゃんはさ、その光景を見て怒ったの？」
「う、うん。モヤモヤして、すごくイヤだと思った……」
　私の、正直な気持ち。
　すると、安堂くんが私の耳もとにそっと口を寄せた。
「ねぇ、それってもしかしてヤキモチ？」
　ヤキモチ……。
　今まで経験したことがなかった気持ちも、そう言われるとすごくしっくりくる。
　あぁ……。
　私、あのときヤキモチ妬いてたんだ。
　きっとじゃない、ぜったい。
「ヤキモチ……だよ」

消え入りそうな声でそうつぶやくと、
「ヤベェ、嬉しすぎるんだけど」
　そうささやいて、安堂くんはゆっくりと体を離した。
　そして、まっすぐな真剣な瞳で、私の目を見据える。
「……昔は来るもの拒まずって感じで、だれでもよかった。でも、なんでだろうね。ひなちゃんに出会ってからの俺にはもう、ひなちゃんしか見えてない」
「え……？」
　——ドキンッ。
　痛いくらいに加速する鼓動。
　私は、安堂くんの瞳に囚われてしまったかのように動けなくて。
　と、そのとき。
　——ピーンポーンパーンポーン。
『１年５組の安堂叶翔さん。ナンバーワンホストが不在で、クラス中が混乱している模様。至急、クラスに戻ってください』
　突然流れてきたアナウンスに、思わず同時に吹きだす私たち。
「ヤベ、呼び出しくらっちった」
「早く戻ってあげなきゃ！」
「しょうがねぇから、そーする。じゃあな、ひなちゃん」
　ニコッと微笑んで、私の頭をぽんぽんとなでると、安堂くんは歩いて行ってしまった。
　ドキンドキンと鳴り響く、私の心臓だけを乱して。

騒がしい胸の鼓動を感じながら、思い出していたのは、優しい柊くんの笑顔。
　──柊くん……。
『最初はひと目ボレだったけど、どんどん好きになっていった。だから……俺と付き合ってください』
　さっきの告白を思い出す。
　あのときは驚いて理解しきれなかったけど、今ならちゃんと受け止められる。
　自分の中に芽生えた気持ちを知ったからこそ、柊くんの気持ちもわかるし、それが受けいれられなかったらとっても苦しい気持ちになるっていうこともわかる。
　私の答えは、柊くんの心を傷つけちゃうかもしれない。
　でも、柊くんは勇気を出して、私に想いを伝えてくれた。
　それなのに、私が不誠実に逃げるわけにはいかないから。
　まっすぐな柊くんの気持ちに、ちゃんと向き合わなくちゃ。
　柊くんは、まだ体育館にいるかな。
　体育館へと、ジリ……と足が向く。
　柊くんのことを考えると切なさが込みあげてきて、それをぐっと抑えながら、私は走りだした。
　柊くん、たくさん優しくしてくれてありがとう……。
　あなたのおかげで、たくさん楽しい思い出ができたんだよ。
　柊くんには、感謝してもしきれないくらい……。
　でもね、私、なにより大切な存在に気づいてしまったの……。
　体育館へと通じる渡り廊下に差しかかったとき、私は前

方に探していた人影を認めた。
「柊くんっ！」
　私が声をあげると、その人物は驚いたように足を止めた。
「陽向ちゃん？」
　駆けより、柊くんの顔を見ると、鼻の奥がツンとする。
　でも、ここで泣いちゃダメだ。
　伝えなくちゃいけないから。
　本当の気持ちを。
　自分を奮いたたせるように、ぎゅっと拳をにぎりしめる。
「柊くん、さっきは告白ありがとう……。でもね、私……」
「わかってるよ。陽向ちゃんの気持ちは」
　私の言葉の続きを遮るように、柊くんがそう言った。
「え……」
「好きなんでしょ？　あのキツネさんのことを」
　ドクンドクンと心臓の音が体じゅうに響きわたる。
　私は……。
「……好き。私、安堂くんのことが好き……」
　やっと気づいた、自分の気持ち。
「……だから、ごめんなさい……」
　そう言って頭を下げると、柊くんの声が降ってきた。
「陽向ちゃん、顔あげてよ」
　その声は、優しくて落ち着いていて。
　柊くんの言葉に従い、私はおずおず頭をあげる。
　視線の先の柊くんはまっすぐに、おだやかさを含んだ瞳で私を見つめていた。

「……陽向ちゃんの気持ちはわかってた。よくよく陽向ちゃんのこと思い出したらさ、いつも思い浮かぶのは、後ろ姿なんだ。ただまっすぐに、安堂のもとへと走っていく後ろ姿なんだよ」
「柊くん……」
　ズキンズキンと、胸が痛む。
　優しい柊くんだから、こんなにも胸が悲しんでるのかな。
　すると、柊くんが小さく笑った。
　切ないような、だけど晴れ晴れとしている、そんな笑顔。
「俺、告白してよかった。気持ち伝えたから、前に進めるし、それに、告白されたからって簡単に気持ちが揺らがない、そんな子だってあらためてわかったから」
　あぁ、なんてこの人は優しさにあふれた人なんだろう……。
「陽向ちゃん、俺たち、友達になれるよな？」
　私は、何度も何度もうなずいた。
「友達じゃなくて、親友だよっ……」
　私の言葉に、柊くんは笑った。
　出会った頃から変わらない、ピカピカの笑顔で。

「陽向！」
　日が暮れかけた校舎をひとりで歩いていると、私の名前を呼ぶ声が廊下に響いた。
　顔をあげると、なっちゃんがこっちに向かって走ってくるのを見つけた。
「なっちゃん……」

なんでだろう……。
　なっちゃんの顔を見たら、緊張してた気持ちがゆるんで、すごく安心してる……。
　私は、駆けよってきてくれたなっちゃんに、思わず抱きついた。
「陽向、どうしたの……？」
　突然の私の行動に驚きながらも、ぎゅっと抱きしめ返してくれるなっちゃん。
「柊くんの告白、ごめんなさいって断ってきたの……。人の気持ちを断るって、こんなにも苦しいんだね……」
「そうだね……」
　それでも、私は安堂くんが好きで。
　好きになってしまったらもう、この気持ちに嘘はつけないんだ。
「私ね、やっぱり安堂くんのことが好きなの……」
「うん、知ってる！」
　え？　知ってる？
　なっちゃんの予想外すぎる言葉に、私は思わず顔をあげて、なっちゃんの顔をまじまじと見つめた。
「し、知ってたの？　私が安堂くんのことを好きって」
「当たり前じゃん！　陽向ちょーわかりやすいもん。見とれてたり、ヤキモチ妬いたりさ」
　うそ……っ！
　私、そんなわかりやすい反応してた!?
　しかも、私が自分の気持ちに気づくよりも前から、なっ

ちゃんは気づいていたっぽい。
　でもたしかに、思いあたる節がないわけではないかも……。
「な、なんかはずかしい……」
「陽向は自分の気持ちにも鈍感だよねー」
　やれやれといった感じのなっちゃん。
　鈍感って言われることが最近多いけど、私そんなに鈍感かなぁ？
「ま、頑張りな！　このあとは花火大会もあることだし！」
　なっちゃんの言うとおり、校庭には続々と生徒たちが集まりだしていて、流れる音楽に合わせて、フォークダンスを踊ったりしている。
「陽向、行こ！」
「あ、私はいいや……」
「え？　なんで？」
　私が断るとは思いもしなかったのか、なっちゃんが目を丸くする。
「んーと、花火嫌いなんだぁ。ほら、音が大きくて」
「そうだったの!?　花火嫌いなんて、めずらしいね」
「そうなの。私は教室にいるから、なっちゃんは行ってきて？」
「わかった。じゃあ、気をつけてね！」
　そう言って、なっちゃんは私に手を振り、昇降口に向かっていった。
　なっちゃんの姿が見えなくなると、私は振っていた手をそっと下ろした。

……ごめんね、なっちゃん。
　本当はね、花火が嫌いなんて嘘なんだ。
　だけど、嘘をついてでも、なっちゃんに彼氏さんと花火を見てほしかったの。
　これから打ちあげられる花火は、一緒に見た人と幸せになれるっていうジンクスがある。
　でも私がいたら、なっちゃんはきっと気を遣って彼氏さんと花火を見ないと思うから。
　なっちゃんはそういう子だもん。
　優しくて、困っている子を放っておけないの。
　だからね、なっちゃんに初めて嘘をついちゃった。
　それでも彼氏さんとふたりで花火を見てほしい。
　いつもいつも助けられてばっかりだから、私だってなっちゃんのためになることをしてあげたいの。
　こんなことしかできないけどね。

　私は教室に戻ることにした。
　校庭に出て、なっちゃんに見つかったら、それこそ気を遣わせちゃうから。
　だれもいない教室は、昼間のにぎやかさが嘘のようにガランとしていて。
　よし！　時間ももったいないし、片付けでもしていようかな！
　腕まくりをして、私はまだ散らかったままの教室の片付けを始めた。

お客さんが去ったあとのテーブルの上をひとりでもくもくと片付けていると、楽しそうな笑い声が開け放った窓から聞こえてきて、思わず手を止める。
　……もうすぐ花火上がるのかな。
　もしも、花火一緒に見ようって安堂くんを誘ったら、いいよって言ってくれたのかな。
　準備に手いっぱいで、花火大会のことすっかり忘れてた。
　花火……安堂くんと見たかったな。
　なんて、そんなことを思っちゃう私は欲張りだ。
　きっと安堂くんのことだから、たくさんの人に誘われているんだろうし。
　でもせめて、コーヒーゼリーは食べてもらいたかったなぁ……。
　安堂くんは大人気で、けっきょくシフト以外の時間も教室にいなきゃいけなかったみたい。
　しょうがないよね。
　あんなカッコいいホストさんがいたら、大人気になっちゃうのもムリないもん。
　ひとつだけ、安堂くんのためにこっそり取っておいたコーヒーゼリーのことを考える。
　もったいないし、持って帰ってお母さんにでも食べてもらおうかな。
　それでもやっぱり暗い気持ちは晴れず、はぁ……とため息をついたとき。
「あれ～？　こんなとこにかわい子ちゃんがいる」

え……っ。

よく聞き慣れた、そして一番聞きたかった声が、廊下の方から聞こえた。

あわてて後ろを振り向くと、廊下に面した窓の外で安堂くんが窓枠に肘を置いて、こっちを見て笑っていた。

「……っ、安堂くん……っ!」

うそ……。

今日はもう会えないって思ってたのに、安堂くんが来てくれた……っ。

「やっと見つけた。ひなちゃんのこと、すっげぇ探しまわった。でもまさか教室にいるとはなー」

「探してくれてたの……?」

「ん。会いたかったから。それに、花火一緒に見るって決めてたし」

そう言って、安堂くんが微笑む。

ねぇ、どうしよう。

嬉しくて嬉しくて、胸が押しつぶされてしまいそうだよ。

「カフェ、来られなくてごめんね?」

私はふるふると首を振った。

だって、今来てくれた。

それだけで、こんなにも幸せなのに。

ふいに、クーラーボックスに入っているコーヒーゼリーのことを思い出した。

「私、安堂くんに食べてほしくて、作ったものがあるの。食べてくれる……?」

「えっ、マジ？　ひなちゃんの手料理とか、食べないわけねぇし」
　嬉しそうなその笑顔に、私の心はドキドキ揺れるんだ。
「じゃあ、注文しちゃおっかな、店員さん？」
「はい、かしこまりました！」
　元気よくそう返事をして、躍る気持ちを抑えられないまま、コーヒーゼリーを取りに向かう。
　すると、安堂くんが「あれ？」と声をあげた。
「そういえばひなちゃん、メイド服は？　超楽しみにしてたんだけど。メイド姿見せてよ」
「えー！　安堂くんヘンタイだ～」
「男はみんな下心満載なんだよ？　ひなちゃん」
　からかうようにニヤリと笑う安堂くん。
「そんなヘンタイさんには、あげませーん！」
「えっ、それは困る！　許して、ひなちゃんさま！」
「まぁ、そこまで言うなら、許してあげましょう」
　安堂くんとふざけ合いながら、頬が自然とゆるんでいるのが、自分でもわかる。
　どうしよう、私、嬉しすぎて、デレデレしてるよ。
　私はコーヒーゼリーを手に取り、それを背中で隠しつつ、安堂くんの前に立つ。
　そして、勢いよく安堂くんの前に差しだした。
　きょとんとした顔で、コーヒーゼリーを見つめる安堂くん。
「じゃじゃーん！　陽向特製コーヒーゼリーだよ！」
「コーヒーゼリー？」

「安堂くん、甘い物苦手でしょ？　だから安堂くんに食べてもらえるように、コーヒーゼリーを作ってみたんだ！」
　そう言って笑ってみせると、安堂くんの顔に、優しい笑みが広がった。
「マジで嬉しい……。ありがとう」
「えへへ」
　そんな風に喜んでもらえるなんて、照れちゃうなぁ。
「じゃあ、ひなちゃんが食べさせて？」
「うん！　……って、ええっ？」
　うなずきかけた私は、驚きすぎて思わず大声を上げてしまう。
「た、食べさせるの？　私が!?」
「そ。ほら、あーん」
　あたふたする私をよそに、安堂くんは目を閉じて口を開く。
　わ、キレイな顔……。
　って、そうじゃなくて！
　緊張するけど、食べてほしいって言ったのは私の方だし……。
　意を決して、コーヒーゼリーをひと口分すくう。
　プルンと、スプーンの上でコーヒーゼリーが揺れた。
　て、手がふるえる……っ。
　やっとの思いでスプーンが安堂くんの口もとに届き、そして口の中へと吸い込まれていく。
「ど、どう、かな……？」
　緊張はまだ続いてる。

だって、安堂くんの口に合わなかったらどうしよう！
　しばらく味わうように口を動かしていた安堂くんが、目を開いた。
「ん、うまい。うまい、これ……」
「ホ、ホント!?　よかったぁ！」
　ほっと息をつき、胸をなでおろす。
　『食べてくれて、ありがとう！』そう言いかけて、私は思わず言葉をのみ込んだ。
　……だって、安堂くんがあまりにも切ない微笑みを浮かべていたから。
「安堂くん……？」
　心が泣いてるみたいな笑顔だよ……。
　たまに現れる、安堂くんのその微笑みは、私の心をぎゅっと締めつける。
「……安堂くんは、なんでそんなに切なそうに笑うの……？」
　気づけば口をついて出ていた私の言葉に、安堂くんはまた悲しそうに笑って、ためらいがちに口を開いた。
「切なそうに笑う、か……。……ごめんね、でもそれは言えない。俺には、ヒミツがあるから」
「え……？」
　ヒミツ？
　と、そのとき。
　――ドーンドーン……ッ。
　地面の振動とともに、耳に飛び込んできた大きな音。
　それと同時に、窓の外に立つ安堂くんが声をあげた。

「あっ、見てみ、ひなちゃん！　花火がすげぇキレイ！」
「わっ、ホントだ……！」
　顔をあげると、夜空に大輪の花火が咲いていた。
　キレイ……。今まで見たどんな花火よりもキレイに見えるのは、となりに安堂くんがいるからかな。
　花火に向けていた視線を、安堂くんの方に向ける。
　すると、花火を見つめる安堂くんの表情は、いつもの王子様みたいな笑顔に戻っていて。
　安堂くん……。
　もっと近づきたいと思ってしまうのは、ダメなことなのかな……。
　安堂くんには謎が多い。
　なんで、私なんかに優しくしてくれるのかわからない。
　なんで、切なそうに笑うのかも。
　きっと私が知らないことの方が多い。
　だからこそ、ヒミツのことも知りたいと思ってしまう。
　私は花火を見あげた。
　夜空に上がる花火は、まぶしいほどにキレイで。
　ジンクスが叶って、安堂くんと幸せになれたらいいなぁ……。
　そっと、花火に願いを込めた。

たぶん、一生好き

たとえ繋がりが
突然途切れてしまっても

"それでもずっと想い続けるよ"

——私はひとり、薄暗くなってきた街の中を歩いていた。
　横断歩道の向こうに見える信号が青になり、私は歩きだした。
　ちょうど横断歩道のまん中あたりに差しかかったとき。
　——キキーッッッ。
　突然静寂を切り裂き、すぐ横から車の急ブレーキ音が聞こえた。
　……えっ？
　その音がした方を振り向いたときにはもう、車が目の前にまできていた。
　……っ！　轢かれる……っ！
　そう思うのに、足がすくみ地面に張りついたように動けなくて。
　スローモーションのように車のフロントガラスが近づき、私の体はまぶしい光に包まれた。
　だれか……っ！
　だれか助けて……！

「……なた！　陽向！」
「……イヤッ！」
　だれかの声が聞こえたのと、私が叫び声をあげたのは同時だった。
　バッとベッドから起きあがると、お母さんが心配そうな表情で、私の顔をのぞき込んでいた。
「陽向、大丈夫!?　起こしにきたら、すごくうなされてた

のよ？」

 お母さんの声に、だんだんとはっきりしてくる意識。

 あぁ、私、夢みてたんだ。

 ……待って、ちがう。夢なんかじゃない。

 あれは、事故で失った私の記憶——。

「お母さん、私、思い出した……。事故に遭ったときのこと……」

「え……？」

 私には、事故の直前の記憶がない。

 頭を打った衝撃で、その記憶が抜け落ちてしまっているんだ。

 だから、事故が起こったときのことを思い出したのは、これが初めてで。

「なんで私、あの横断歩道を歩いてたんだろう……」

 私が歩いていた横断歩道は、通学途中には通らない。

 なんのためにあそこを歩いていたの……？

 だけど、思い出そうとしたとき、ズキンッと頭に走る強烈な痛み。

「痛っ……」

 あまりの痛みに頭を押さえると、お母さんがあわてて私の手をつかんだ。

「陽向！　思い出さなくていいわ……！　ムリに思い出そうとすると、陽向の脳に負担が掛かるのよ！」

「お母さん……」

 私は、ふるえるお母さんの手に、そっと手を重ねた。

「大丈夫、心配しないで！　ムリに思い出そうとしないから、ね？」

そう言ってもまだ不安げな表情は消えなくて。

お母さんには「今日は学校を休んだら」って言われたけど、私は学校に行きたかった。

頭の痛みなんて、すぐに消えちゃったから。

……それに、安堂くんに会いたいし！

と、安堂くんに会えるのを楽しみにして学校に来たというのに。

「じゃあねー、陽向！　早く帰るんだよ！」

「ばいばい、なっちゃん……」

結局会えないまま、いつの間にか放課後になっていた。

部活へと向かうなっちゃんに手を振り、その姿が見えなくなると、机に頬杖をつき大きなため息をついた。

「はぁー……」

あーあ、安堂くんに会いたかったのになぁ。今日はついてなかったのかも。

なっちゃんは部活に行っちゃったし、ほかのクラスメイトもそれぞれ部活に行ったり家に帰っちゃったから、私は教室にひとりぼっち。

ひとりもさみしいから、帰ろうかな。

どっちにしても今日は会えないよね……。

浮かない気持ちのまま、なにげなく窓に目を向けたとき、体育館の近くに立つ人影を見つけた。

あれ？　あのキャラメル色の髪……。
まちがいない、安堂くんだ！
思わずガタッとイスを豪快に鳴らし、立ちあがる。
会いたかったのには、おめでとうを言いたかったからっていう理由もある。
じつは文化祭で、安堂くんのクラスが圧倒的な集客数で優勝したんだ。
しかもその優勝は、ほとんど安堂くんの人気のおかげだって噂で聞いた。
３年生以外の学年が優勝するなんて、何十年かぶりの出来事だったらしくて。
文化祭からもう１週間がたつっていうのに、すれちがいの連続で安堂くんにはまったく会えず、おめでとうを直接言えていないの。
でも、今なら言えるかな……！
会いたい気持ちばかりが先行して、脇目も振らず教室を飛びだすと、安堂くんの姿が見えた体育館裏へと駆けた。
……たしか安堂くん、こっちに入っていったよね？
久しぶりに来た体育館裏は、相変らず人の気配がなく静かだった。
安堂くんと出会ったのも、ここなんだよね。
告白されてる現場に、偶然居合わせちゃったんだっけ。
それから仲よくなって、たくさんおしゃべりするようになって……。
って、思い出にひたってる場合じゃなかった！

安堂くんのこと探さなきゃ。
でも、安堂くんの姿はどこにも見当たらなくて。
ここら辺にいたはずなのになぁ。
と、キョロキョロあたりを見回しながら一歩踏みだしたそのとき。
「……好き。私やっぱり安堂くんのことが好き！」
ふと、近くから女子の声が聞こえて、思わずビクッと肩をふるわせた。
ビ、ビックリした……っ。
しかも告白？　安堂くんに？
そーっと声がした方に近づき、壁からのぞくと、そこには安堂くんと女の人の姿があった。
女の人は後ろ姿しか見えないけど、すごくキレイな髪を風になびかせている。
スタイルもいいし、たぶん、っていうかぜったいに美人さんだ……。
ドドドドッと心臓がざわめきだす。
告白にOK出しちゃったらどうしよう……。
そんな不安を感じて、安堂くんの言葉を固唾をのんで見守る。
すると、安堂くんが真剣な表情のまま口を開いた。
「ごめん俺、君の気持ちにはこたえられない」
よ、かった……。
そう胸をなでおろしたのもつかの間、安堂くんが次に放った言葉は、あまりにも残酷な真実——。

「俺、彼女いるからさ」

　え……？
「なんで……？　中学のときはだれとだって遊んでたんでしょう？　それなら……っ」
「でももう、俺はあのときの俺じゃない。ちゃんと心から好きだって思える相手を見つけたんだ。アイツのおかげで、俺は変われた」
「でもその彼女さんと、最近うまくいってないって聞いたけど……」
「そんなの関係ねぇし。俺は今でもすっげぇホレてるから」
「……本当に彼女さんのこと、好きなんだね」
　すると、安堂くんは目を細めて微笑んだ。
　心から愛おしそうに——。
「俺、アイツのこと、たぶん、一生好き」
　……告白を断るために彼女がいるって嘘をついてるとか、そんな演技でないことは一目瞭然だった。
　安堂くんは、心から彼女さんのことを想ってる。
　だって、あんなに愛おしそうに笑うんだよ？
　あんな笑顔、初めて見た……。
　彼女さんのことが大好きで、なにより大切で……。
　そんな想いが、あの笑顔からあふれ出して、私の心にまで流れ込んできた。
「……っ」
　……ねぇ、苦しいよ。

安堂くんに彼女さんがいるって、なんで考えなかったんだろう。
　最初から、私の入る隙なんて、これっぽっちもなかったんだ。
　それじゃあ、私の気持ちが届くことはないの……？
　苦しくて、悲しくて、胸が痛くて、気づけば頬を熱い涙が濡らしてた。
　……安堂くん、好きだよ。
　好きなのに、なんでこんなにもうまくいかないんだろう。
　私は……失恋したんだ。
「……うっ……」
　思わず走りだしていた。
　その場に立っていることもできず、ただただ目の前にある現実から逃げるように。
　校庭で部活をしている生徒たちの視線なんて、これっぽっちも気にとめなかった。
　ガランとした静かな校舎には、リノリウムの床を蹴る私の足音だけが響いた。

　それからどれくらいたっただろう。
　私は涙が止まらないまま、教室の片隅にうずくまっていた。
「うぅ……っ、ひっく……」
　だれもいない教室に、私のすすり泣く声だけが響きわたる。
　止まれって思っても、涙は止まってくれない。
　涙って、こんなにもコントロールできないものだった

の……?
　もう、目がヒリヒリしてきた……。
　そのとき、シンとしたこの場にはそぐわない音を立ててスマホが鳴った。
　だれだろう……?
　重い気持ちのまま、ポケットから取り出しディスプレイを見ると、お母さんからのメールが来ていた。
『体調はあのあと大丈夫?　早く帰ってきなさい』
　お母さん、今朝の頭痛のこと心配してるんだ。
　ゴシゴシと制服の袖で涙をぬぐう。
　帰らなきゃ……。
　いつまでもここで泣いているわけにはいかない。
　パンパンと頬をたたき、気合いを入れ直す。
　大丈夫。今は安堂くんのことは、考えないようにしよう。
　そう思って立ちあがったとき、背後から声をかけられた。
　その声はたぶん、今、一番聞きたくなかった声……。
「あれ、ひなちゃん?」
　反射的にバッと振り返ると、教室の入り口に安堂くんが立っていた。
「安堂、くん……」
　うそ……。
　会っちゃった……。
　まだ、どんな顔して会ったらいいかわからないのに。
「よかった、まだいて。会いにきたんだ」
　私がさっきの告白を聞いていたとは知らない安堂くんは、

いつものように私に笑顔を向けていて。
　私は、今まで泣いていたのがバレてしまうんじゃないかと、近づいてくる安堂くんから顔を背ける。
　頭のどこかで、カンカンと危険を知らせる警鐘が鳴っている。
　このままじゃ、まずい……っ。
　そう思うのに、体が動いてくれない。
　まるで、安堂くんに心を囚われてしまったかのように。
「あ、ごめん、私急いでるんだ！　またね！」
　やっとのことで振りしぼった声。
　とにかく早く逃げたい、この状況から。
　顔を背けたまま、安堂くんの横を通りすぎようとした。
　そのとき。
「待てよ」
　通りすぎるよりも早く手をつかまれて、私の体は制止させられていた。
　ねぇ、引きとめないで……。
　今はまだ、安堂くんの顔見られないのに。
　安堂くんの顔を見てしまったら、気持ちがあふれてしまいそうなの……。
「どうして目そらしてんの？　それに、泣いてた？」
　安堂くんの言葉に、ドキンッと心臓が反応した。
　そんなの……言えるはずない。
　やっと涙が止まったばかりだというのに、また目頭が熱くなって、涙がじわじわと視界を覆う。

「そらしてないよ……。ちょっと目にゴミが入っちゃったの……」
「じゃあ、なんで今も俺の目、見ようとしねぇの？」
「……っ」
　ガランとした教室に響きわたる、安堂くんの切ないような、悲しそうな声。
　好き。
　胸の中にはもう収まらないないほど大きくなってしまった、この想い。
　あふれそうになるそれを、ぐっと押し込める。
　この気持ちを伝えたら安堂くんに迷惑だって、気づいてしまったから。
　だって、安堂くんには彼女さんがいるんだもん……。
　"友達" だから、安堂くんは私に気を遣って一緒にいてくれるんだろうけど、本当は私なんかより彼女さんのそばにいたいはず……。
　"友達" そんな都合のいい関係で、安堂くんのとなりにいて、安堂くんの幸せを奪いたくはないの。
　だから、この気持ちは忘れなくちゃいけない。
　たとえ、嘘をついたとしても──。
「……嫌いになったんです、安堂くんのこと……」
　たったその言葉だけ。
　そうつぶやいただけなのに、ぎゅうってつかまれたように胸が痛んで、苦しくて、泣きそうになる。
　目に浮かぶ涙を見られないように、私はうつむいた。

泣くもんか。
　ここで泣いたら、私の嘘を見破られちゃう。
　だけど、少しでも気をゆるめたら、ポロリと涙がこぼれ落ちてしまいそうで……。
「……どうしてだよ……？」
「ごめんね……」
　本当は、安堂くんともっと一緒にいたい。
　毎日笑い合っていたいよ。
　だけど、そう思っていたのは私だけだから、この恋心は忘れなきゃ……。
　そうやって、必死に思いを押し込めようとする。なのに……。
「なんかあった……？」
　なんで安堂くんは気づいちゃうのかなぁ？
　やっぱり私のヒーローなんだ。
　なんで、安堂くんがヒーローなんだろう。
　なんで、安堂くんだったの……？
　なんで、安堂くんには彼女さんがいるの……？
　彼女さんがいるのに……
「なんで私に優しくしてくれてたのか、わからないんだよ……っ」
「……っ」
　その言葉に、安堂くんは不意を突かれたような表情を浮かべたかと思うと、悲しげに眉を歪めた。
　なんで優しくするの……？

この気持ち忘れようとしたのに、キミはまた優しさという意地悪をするんだ。
　こんなこと、思いたくない。
　だけど、安堂くんはきっと、私のことをからかっていただけなんでしょう……？
　安堂くんにとって私は、大勢いる遊び相手の女の子の中のひとり……。
「……もうかかわらないようにしよう、私たち……」
　なんて意地悪で冷たい言い方だろう。
　自分で放った言葉に、泣きそうになる。
　だけど、安堂くんから離れることしか私にはできない。
　だって……。
　彼女さんのことを好きだと言った、さっきの安堂くんの笑顔を守りたいんだ……。
「どうしていきなりそうなるんだよ……？」
「…………」
「答えろよ……」
　ねぇ。なんでそんなに悲しそうな声なの……？
　安堂くんだって、私なんかと離れた方がいいでしょう？
　まるで離れるのがイヤだ、そう言われてるみたいで、私バカだから期待しちゃうよ……。
　お願いだから、期待させないで……。
　ギュッと下唇を噛んで、今にもこぼれ落ちそうな涙を堪えた。
　そして、ふるえる唇で、精いっぱいの嘘を紡ぎだす。

「わ、私、好きな人がいるの……」
　ちがう、ちがうよ……。
　本当は、キミが、好きです——。
「だから、もう、安堂くんのそばにはいたくない……っ」
　涙声になっちゃったけど、私はそう強く叫んだ。
　安堂くんの表情を見られなくて、ぎゅっと目をつぶったままうつむいていると、ずっと黙っていた安堂くんの声が降ってきた。
「……は？」
　それは、絶望に染まったような悲しい声で。
　安堂くんは今、どんな顔をしているの？
　だけど私にはそれを確かめる勇気はない。
　安堂くんが、私の手をつかむ力をぐっと強めた。
「どいつだよ、好きなヤツって」
「……っ」
　安堂くんだよ。
　そう言えたら、どんなに幸せかな。
　でも、私はキミに嘘をつくって決めたから。
「安堂くんには、関係ない……っ！」
　好きって想いが今にもあふれ出してしまいそうで。
　それを全部抑え、今出る精いっぱいの声で拒絶の言葉を放った。
　そのとき。
　ぐいっと手を引かれ、頭の後ろに手が回されたかと思うと、強引に唇が重ねられていた。

「……んっ……」
　唇に突然触れた熱に、私は思わず目を見開く。
　え……っ？
　キス……？
　どうして……？
　なんで、キスするの……っ？
　安堂くんの行動のわけがわからなくて、頭がまっ白になる。
　だけど、そんな私なんかおかまいなしに、安堂くんは何度も唇を重ねてくる。
　や、やだ……っ。
　我慢していた涙が、頬を伝った。
　苦しい……っ。息が、そして胸が苦しい。
「あん、ど、く……んっ」
　できる限りの力を振りしぼって安堂くんを突きはなした。
　息を乱しながら、涙でぼやける視界を安堂くんに向け、はっとした。
　どうして……？
　どうして、そんな顔をしてるの……？
　それは、悲しさにも苦しさにもツラさにも取れる、深い深い悲痛さに染まった表情で。
　安堂くんの心の中が、全然わからないよっ……。
「もうやだっ……」
　私はそう声を張りあげて、安堂くんの顔を見ないまま、走りだした。
「……ふっ……うぅっ……」

涙は次から次へとあふれて、止まることを知らない。
　唇がまだ、熱を持ってる。
　安堂くん……。
　ただただ、悲しくて胸が張り裂けそうになりながら、私は走り続けた。

ぜったい俺が守るから

好きだからこそ
キミが幸せになるなら
それだけでよかった

翌日の朝、ＳＨＲの時間。
「えー、昨日学校周辺に不審者が出ました。女子高校生が無理やり車で連れ去られそうになったとのことです。最近こうした不審者の報告が多いので、みなさん気をつけてください」
　先生の声が、遠くで聞こえる。
　"不審者"
　ぼーっとした頭の中に、その単語だけが残った。
　昨日のことがあってから、私はずっとこんな感じ。
　登校してきてから、人前ではムリヤリ笑ってみせるけど、だれとも会話をしていないと、表情を変える元気も出ない。
　だって、頭に浮かぶのはたったひとりのキミ。
　……安堂くん。一方的に、距離をとるって決めてしまったけど、これでよかったんだ。
　それはわかってるんだけど、でもね、やっぱりツラくて……。
「陽向ー！　陽向ー？」
「……っ」
　突然名前を呼ばれ、ハッと我に返る。
「なっちゃん……」
　顔をあげると、なっちゃんが不思議そうな表情を浮かべて、私の席の前に立っていた。
　なっちゃんの背後には、今さっきまで話していたはずの先生の姿はどこにも見当たらなくて。
　あ……いつの間にかSHR終わって、休み時間になって

る……。
　それすら気がつかないくらいぼーっとしてたんだ、私……。
「陽向、大丈夫？　今日ちょっとヘンじゃない？」
　核心を突くなっちゃんの言葉に、思わず私はうつむいた。
　正直、自分の中にこれ以上溜め込むのはもうムリそう……。
　話すだけなら……いいよね？
　なっちゃんには、隠し事とかしたくなくて。
「なっちゃん、私ね、話したいことがあるの……」
　なっちゃんはすぐに私の気持ちを汲みとってくれたみたいで、力強くうなずいた。
「ここじゃなんだし、ゆっくり話せるところに行こっか」
　なっちゃん……。
　その言葉がなぜかすごく心強くて、鼻の奥がツンとした。
　なっちゃんにうながされて、学校の屋上に向かう。
　初めて来た屋上は思わず両手を伸ばしてみたくなるほど、開放的だった。
　頭上には、雲ひとつない青空が広がっていて。
　まるで、私の気持ちとは正反対だ。
「それで？　陽向、なにがあったの？」
　フェンスにもたれかかって、なっちゃんが真剣な目で私を見た。
　それに応えるように私は息を吸い、そして重い口を開いた。
「あのね……、安堂くん、彼女さんがいたんだって……」
「えっ!?」
　なっちゃんが目を丸くして、もたれかけていた体をピン

と伸ばした。
　その動きに合わせて、ガシャンとフェンスが音を立てる。
　なっちゃんも知らなかったんだ……。
　それはそうだよね。
　知っていたら、なっちゃんなら教えてくれていたはずだもの。
「それホント？」
「うん。私……安堂くんがわからないんだ。彼女さんがいるのに、なんで私に優しくしてくれてたんだろう」
　私と仲よくなったところで、安堂くんにいいことなんてないのに……。
「そっか……」
　なっちゃんの声が青空に吸い込まれていき、静寂が屋上を覆った。
　考えれば考えるほど、わからなくなる。
　安堂くんがくれたドキドキしちゃうような言葉も、楽しかった思い出も、全部嘘だったのかな……。
「……ねぇ、陽向。これはね、あくまで私の想像だし、あんまりよくない考えだけど」
　なっちゃんが静寂を破り、ぽつりとつぶやいた。
「なぁに……？」
「もしかしたら、安堂くんが陽向の事故にかかわってるんじゃない？」
「……え？」
「たとえば、たとえばだけど。事故を起こした車を、安堂

くんのお父さんかお母さんが運転してたとか」
「……っ」
　思わず言葉に詰まる。
　そんなこと……考えたこともなかった。
　でも……それなら、辻褄が合う。
　安堂くんが、私に優しくしてくれていたことと。
　同情だったんだ……。
　でもそれに気づいたところで、今さら確認しようとも思えない。
　だって、安堂くんに彼女がいるって事実は、変わらないのだから。
　結論は結局ひとつ。
　私が安堂くんに抱いていた感情は、安堂くんにはなかった。それだけ。
「それで、陽向はこれからどうするの？　想いを伝えるの？」
　私は静かに首を横に振った。
「ううん。かかわるのはもうやめるって言ったの。私がいたら、安堂くんの幸せを邪魔しちゃうから」
「陽向……」
　もし、自分の決意と反対のことを想ってしまったとしても、その気持ちは封印しなきゃいけない。
「でもそれじゃあ、陽向は……っ」
「いいの、私は。安堂くんが幸せなら……それで」
　そのとき、チャイムが鳴った。
　1限が始まる予鈴だ。

「なっちゃん、聞いてくれてありがとう」
　大丈夫。安堂くんが幸せなら、それでいい。
　そう自分の心の中で反復しながら、なかば言いきかせるように、私はきっと過ごしていく。
　たとえ、胸のモヤモヤが残っても……。

　あっという間に２学期の中間テストも終わり、10月も後半にさしかかろうとしている。
　寒がりな私にとっては、もうマフラーが手放せない季節になった。
　安堂くんとは、相変わらず顔を合わせない日々が続いている。
　会いに行こうと思わなかったら、こんなにも会えないものだったんだって、今になって悟る。
　だけど、今日ふと、集会で後ろ姿を見かけた。
　キャラメル色の髪と、着崩した制服、すらっとした立ち姿ですぐにわかった。
　今すぐにでも近づきたい。笑顔が見たい。
　思いがけず見かけたからか、張っていた気持ちがゆるんで一瞬そう思ってしまったけど、私はそれらを抑えこむように視線をそらした。
　まだね、キミのことを見るのが怖いんだ……。
　……毎日、ただ時間が過ぎていく。
　安堂くんと出会わなければ、こんな生活が当たり前だったはずなのに、安堂くんという存在を知ってしまった私は、

ただ虚しさを感じることしかできなくて。

　——キーンコーンカーンコーン。
　4時を知らせるチャイムが鳴った。
　私はというと、教室でひとり帰る支度をしていた。
　こんな時間になっちゃったのは、日直だったから。
　日直の仕事である日誌を書いていたら、遅くなっちゃったんだ。
　なっちゃんは部活だし、帰りはひとり。
　前に先生が話してた不審者、早く捕まるといいな。
　学校のまわりで出てるって聞くと、やっぱり怖いし……。
　そんなことが頭をかすめながらも、私はスクールバッグを肩にかけ、教室をあとにした。
　……安堂くんはもう、彼女さんと帰ったのかな。それとも、彼女さんは他校の人なのかな。
　私、安堂くんのこと、なにも知らない……。
　ひとりで階段を下りていると、どうしても安堂くんのことを考えてしまう。
　いつの間にか、安堂くんのことを思い出して、きゅーって胸が痛んで。
　その繰り返しばっかりだ。
　こんなにも、自分の中で安堂くんの存在が大きくなっていたなんて。
　ふと、安堂くんに家まで送ってもらったことを思い出した。
　あのときは、楽しかったなぁ……。

……って、ダメダメッ。
また悲しい方に引っぱられちゃう。
これでいいんだよ、陽向。
徐々にでも、少しずつでもいいから前を向いていけば、気持ちだっていつか整理がつくはず。
そう自分に言いきかせ、下駄箱の扉を開けた。
と、そのとき。
扉を開けた反動で、コトッとなにかが下駄箱の中で転がった。
「これ……」
それがなんなのか瞬間的に悟ってしまい、鼓動が速まる。
私はふるえる手で、それを取り出した。
私の手の上には、ピンク色のうさぎの防犯ブザー……。
「……あ、んどうくん……っ」
気づけば、ぽろぽろと涙が頬を伝っていた。
だってね、私がピンクとうさぎが好きって知ってるの、安堂くんだけなんだよ……。
もしかして……不審者が出てるって聞いたから、私のために買ってきてくれたの……？
ねぇ、安堂くん……っ。
なんで……？
切なくて、嬉しくて、ただただ胸がいっぱいで。
私は防犯ブザーを両手でにぎりしめた。
そう……。安堂くんが幸せなら、私はそれでいい。
それなのに。

「ふっ……うぅっ……」
 ズルズルと体の力が抜けて、私は思わず下駄箱の前に座り込んだ。
 こんなことされたら、私は……っ。
 私はどうしたらいい……っ？
 安堂くんに幸せになってほしいのに。
 だけど、離れるのがすごく悲しくて……。
 もうどうしたらいいか、わからないよ……っ。
 声を押し殺しながらもあふれる涙を止められないでいた、そのとき。
「陽向ちゃん……？」
 突然頭上から声が降ってきて、驚いて顔をあげると、そこにはサッカー部のユニフォームを着た柊くんの姿があった。
「柊くん……」
 柊くんはなにも言わず、泣きじゃくる私の前に屈んで、エナメルバッグの中を探る。
 そして、取り出したタオルを私の前に差しだした。
「これ、まだ使ってないから、使って？」
「しゅ……っ、柊くん……っ」
 優しい声にまた涙が出そうになって、私はタオルを受けとった。
 涙をぬぐっていると、校庭から見えない昇降口の陰の方にうながされ、柊くんもとなりに座り込んだ。
 そして涙が止まるまで、口出しもせずずっととなりにいてくれる。

やっと涙が落ち着いてきた頃、柊くんがそっと私の顔をのぞき込んできた。
「涙、止まった？」
「うん……」
「陽向ちゃんがうずくまってるのが校庭から見えてさ、居ても立ってもいられなくて、部活抜けだしてきちゃったよ。あ、でも、このことは顧問には内緒な。バレたら、とんでもないペナルティ課せられちゃうから」
　柊くんは人さし指を立て、イタズラっ子みたいにクシャッと笑った。
　いつもみたいに振るまってくれる柊くんに、心が救われる。
　これが、柊くんの優しさのかたち。
「……陽向ちゃんが今悲しいのは、安堂のこと、だろ？」
　私の心が落ち着くのをみはからい、ぽつりとつぶやかれたその言葉に、私は思わず目を見開いた。
「え？　なんで……」
　柊くんには、安堂くんのことなにも話していないのに。
　なんでわかったの……？
「陽向ちゃん見てたら、気づくから！」
「柊くん……」
　柊くんには気づかれちゃったんだね……。
　私は目を伏せたまま、静かにうなずいた。
「……ふたりの間になにがあったのか、俺は知らない。でも俺の前では自分の気持ち、全部さらけだしていいんだよ」
「……っ」

まっすぐすぎる柊くんの言葉に、グラグラしていた心がつかまれ、鼻の奥がツンとする。
「私はね……」
　一旦口を開くと、ぽろぽろと言葉があふれていた。
「……私は、安堂くんが幸せならそれでいいって思ってた。だけどね、ダメなの。安堂くんと離れてると、すっごく胸が苦しくてツラいの……っ」
　うんうん、って、うなずきながら話を聞いてくれる柊くん。
「ねぇ、柊くん……。私はどうしたらいいかなぁ……？」
　もう、心の中がぐちゃぐちゃなんだよ。
「……俺は、陽向ちゃんの本当の気持ちを貫いた方がいいと思う。陽向ちゃんは今、だれのことを想ってる？」
「……っ」
　柊くんの言葉に、胸の奥でなにかがドックンとうごめいた。
　いいの？
　私の気持ち、貫いても……。
　消そうと思っても、消えなくて。
　離れていても、どんどん大きくなって。
　私の想いは、本当はずっと変わらない……。
「私……やっぱり、安堂くんのことが好きだよ……っ」
　自分の気持ちが口から出た瞬間、胸のつかえが取れたみたいに、涙がまたこぼれだした。
　……ごめんね、安堂くん。
　なかったことにしようとしたのに、全然できなかった。
　だって、好きだから……。

王子様みたいな笑顔も。
　さりげない優しさも。
　『ひなちゃん』って呼ぶ声も。
　甘い言葉でドキドキさせるようなとこも。
　全部好き。
　安堂くんとの思い出は全部、なんでこんなに大切なんだろうってくらいに、忘れられない宝物なの。
　まだ……好きでいたいよ……っ。
「そうだよ、陽向ちゃん。その気持ち、アイツにぶつけてやれ！」
　柊くんがニカッといつもの笑顔を見せた。
　柊くん……。
「ありがとう……」
　私の気持ちに気づいて、必死で背中を押してくれた。
「友達の幸せを願わないヤツがどこにいるんだよ！　陽向ちゃんには、笑っててほしいからさ！」
　やっぱり……柊くんは変わらないね。
「私、安堂くんに告白する……っ」
　たとえ、この想いが叶わなかったとしても、気持ちを伝えるよ。
　この恋心に、後悔はしたくないから――。

　次の日。
『安堂くんの誕生日に会いたいです。会ってくれるなら、その日の放課後５時に野いちご駅前に来てください。待っ

ています。』
　青い便箋にそう書いて、私はそれを安堂くんの下駄箱に入れた。
　メールではなく手紙にしたのは、手書きの方が自分の気持ちを込められる気がしたから。
　一文字一文字、祈りを込めて綴った。
　どうか、この想いが届きますように、と……。

　そしてついに、10月31日、安堂くんの誕生日がやってきた。
　放課後、来てくれるかな……。
　授業中、そのことしか考えられなくて、まったくもって授業に集中できなかった。
　ソワソワしながら、ついに迎えた放課後。
　私は気持ちが休まらないまま、約束の時間よりも30分も早く改修工事中の駅にやってきた。
　この駅は高校の近くの駅だから、同じ制服を着た学生の姿もちらほらと見受けられる。
　駅のシンボルでもある、大きな木の下に立ち、そっとスクールバッグを広げてみる。
　安堂くんは前に、誕生日は名前を呼んでくれればいいって言ってたけど、それだけじゃ申し訳ない気がして、プレゼントを持ってきた。
　買ったのは、マフラー。
　白くてモコモコで、王子様みたいな安堂くんにすごく似

合いそうだから。
　受けとってもらえないかもしれないけど……。
　不安とドキドキが入りまじり、心の中でせめぎ合う。
　安堂くん……。
　おだやかではない私の心を察したかのようにびゅうっと強い風が吹いて、私の髪を乱暴になびかせた。
　だれかがこっちに歩いてくるのが見えると、バッと体が反応するけど、どれもみんな人ちがい……。
　待つ時間と比例するかのように、不安も大きくなってきて。
　駅にかけられた大きな時計が、5時を知らせた。
　約束の、時間。
　安堂くんは、来ないのかもしれない……。
　当たり前だよね。
　関わりたくないなんて言ったのに、今度は会いたいなんて虫がよすぎるもの。
　それに、彼女さんと一緒に過ごしているかもしれないんだ。
　でも……決意したのに。気持ちを伝えるって。
　秋のひんやりとした空気が、容赦（ようしゃ）なく体を冷やしていく。
　……あと10分。
　あと10分待っても来なかったら、今日はあきらめよう。
　また今度、会ってもらえるように話そう。
　本当は、誕生日当日の今日、プレゼント渡したかったけど……。
　私は祈るような気持ちで、安堂くんの姿を待つ。
　……あと、5分。

あと、4分。

あと、3分。

あと、2分。

あと……、1分……。

やっぱり来てくれない、か……。

にぎりしめていたプレゼントをバッグにしまい、あきらめて帰ろうとした、そのとき。

「ひなちゃん……！」

背後から聞き慣れた声が聞こえた。

うそ……。

信じられなくて、でも心はざわめきだして。

イッキに込みあげる感情を必死に堪えて、声がした方を振り向くと、安堂くんがこちらに走ってくるのが見えた。

そして、私の前まで来ると、膝に手をつき、はぁはぁ……と肩で呼吸をする安堂くん。

「遅くなって、ごめん……。ちょっと、婆ちゃんのこと病院まで送ってたら、思ったより長引いちゃって」

安堂くんが、来てくれた。

息を切って、会いに来てくれた……。

「うぅ……っ、安堂くんっ」

胸がいっぱいで、いつの間にか涙があふれて。

ポロポロこぼれる涙を堪えきれずに、私は思わず安堂くんに抱きついた。

「えっ、ひなちゃん……!?」

「もう、もう私になんか……会いに来てくれないって思っ

てた……っ」
　ごめんね、安堂くん。
　いきなり抱きついたりして。
　こんなこと、するはずじゃなかった。
　でもね、胸がいっぱいで、自分でもなぜかコントロールできなくなっちゃったの……。
　安堂くんはビックリしていたけど、やがて包み込むように、私の背中に手を回してくれた。
　そして、腕の中で泣きじゃくる私の背中をよしよしと優しくなでてくれる。
　そんな風に優しくされたら、また涙が出てきちゃうよ……。
「ふえっ、安堂くん……っ」
「ごめんね、ひなちゃん。この間はムリヤリあんなことして……」
　安堂くんの腕の中で、ふるふると首を振る。
　謝るのは、私の方。
「私こそごめんねっ。ひどいこと言って……」
　私はそっと体を離した。
「安堂くんと関わりたくないなんて嘘だよ……っ。本当は、ずっとずっと安堂くんのそばにいたいのっ……」
「ひなちゃん……」
　安堂くんは、優しく微笑んで涙をぬぐってくれる。
「俺、ひなちゃんに言いたいことがあるんだ……。聞いてくれる？」
　いつもとはちがった、真剣で少し熱を帯びた瞳の安堂く

んに、なぜだかドクンと心臓が反応した。
　速まる鼓動を感じながらも、私はゆっくりとうなずいた。
「……俺やっぱり、ひなちゃんがいないとダメなんだよ。だから、これからも笑っててほしい。だれよりも、一番そばで」
「え……？」
「……俺ね、ずっとひなちゃんのことが……」
　安堂くんがそう言いかけた、そのとき、ひときわ強い風が吹いた。
　と、風の音とともに、ぽとっとなにかが落ちた音がした。
　思わず視線を落とすと、バックにつけていたはずのうさぎのキーホルダーが、風にあおられてころころと駅の入口の方へと転がっていくのが見えた。
　あっ……。
「ごめん、安堂くん。キーホルダー取ってくる……！」
　なぜか、あのキーホルダーを手離しちゃいけない気がして、私は安堂くんの言葉を中断して、反射的にキーホルダーを追いかける。
　数メートル先に転がっていたキーホルダーを拾いあげたのと、安堂くんの声が聞こえたのは同時だった。
「ひなちゃん、あぶない……!!」
　え……？
　ふいに視界に飛び込んできた、地面に写った私の影の上に広がっていく、なにかの影。
「……っ！」

はっとして顔をあげると、改修工事中の駅から数本の鉄パイプが落ちてくるのが見えた。
　……うそ……っ!!
　イッキに全身から血の気が引いていくのがわかった。
　スローモーションのように降ってくる鉄パイプから逃げなきゃいけないとわかっているのに、足がすくんで動けなくて。
　つ、つぶされちゃう……っ。
　ぎゅっと目をつぶった次の瞬間、私の体はだれかに突きとばされていた。
　え……っ？
　そのとき、声が聞こえたんだ――。
　耳に飛び込んできたわけじゃない。
　なぜか胸の中に飛び込んできた声が。

　私が尻もちをついたのと、鉄パイプがガシャガシャンッという音を立てて地面に落ちたのは同時だった。
　あれ……。
　私、無事だ……。
　っていうか、さっき私のことを押したのって……。
　わけがわからず音がした方に視線を向けた、その次の瞬間にはもう――。
　私の目はこぼれんばかりに開かれ、心臓が不協和音を奏でて暴れ狂っていた。
　うそ……でしょ……？

「やだ……やだ……やだ……っ」
　だって、だって……。
　何本もの鉄パイプの下に、安堂くんが倒れていたのだから……。
　落ちてきた鉄パイプから私をかばった安堂くんが、頭から血を流していて。
　安堂くんは目を閉じて、ぴくりとも動かない。
　どういう、こと……？
　目の前の状況を理解できない。
「あ、安堂、くん……？　ねぇ、安堂くん……っ！」
　膝をつきながらも必死に安堂くんのもとに近づき、ふるえる声を張りあげ、呼びかける。
　だけど、うつ伏せに倒れた安堂くんは目を開けてくれない。
「うそでしょ……？　ねぇ、安堂くんってば……っ！」
　やだっ……、これは夢だよねっ!?
　お願いだから。
　大丈夫だよっていつもみたいに笑って……っ。
「おい、人が鉄パイプの下敷きになったぞ！」
「早く救急車を呼んで！」
　まわりに集まってきた人たちの叫び声は左右の耳を通りすぎていくだけで。
「……安堂くんっ……。やだっ、やだよっ……。ねぇ、お願いだから起きてっ。起きてってばっ……」
　だけど、いくら呼んでも安堂くんは反応せず、ただただ血が地面に大きな染みをつくっていくばかりで――。

まっ赤に染まる安堂くんの姿に、いつの間にか浮かんでいた涙がボロボロッと地面に落ちた。
「安堂くんっ!!」
　人混みの中、私の叫び声が響きわたった――。

　……まだ、頭の中に残ってる。
　突きとばされたときに聞こえた言葉。
　耳で聞こえたわけじゃない。
　でも、心に響いてきたんだ。
　あれはきっと、安堂くんの心の声。

『――今度こそ、ぜったい俺が守るから――』

☆
☆ ☆
☆

好きになれよ、
俺のこと

あまりに近くにありすぎて
見失ってたんだ
なにより大切なものを──

手術中の赤いランプが、この世のものとは思えないほど残酷な色を放っている。
「うぅ……っ、うっ……」
　私は手術室の前の長イスに座り、ひとり泣きじゃくっていた。
　……まだ、背中に感触が残ってる。
　安堂くんに背中を押されたときの、あの感触が。
　目を閉じたまま倒れている安堂くんの姿が、脳裏に焼きついて離れない。
　全部、私のせいだ。
　私をかばったから、安堂くんが……っ。
「……陽向ちゃん！」
　バタバタと走ってくる足音が聞こえて顔をあげると、那月さんが髪を乱して走ったきたところだった。
「那月さん……っ」
「叶翔がケガしたって……!?」
「わ、私をかばったせいで、安堂くんが鉄パイプの下敷きになっちゃったんです……っ」
　嗚咽していると、温かいものが頭の上に置かれた。
　視線をあげると、となりに座った那月さんが頭をなでてくれていた。
　那月さんの瞳は不安に揺れているけど、それ以上に強くまっすぐで。
「陽向ちゃんのせいじゃない」
「な、つきさん……っ」

その手の温もりは、安堂くんの温もりを思い出させて……。
　ぽんぽんって、優しく頭をなでてくれた安堂くんの笑顔が浮かぶ。
　お願いです、神様……。
　どうか、どうか、安堂くんを助けてください……。
　祈るようにぎゅっと目をつぶったとき、パチンと手術中のランプが消えて、術衣を着た先生が出てきた。
「叶翔は!?　叶翔は助かるんですか!?」
　すぐさま先生に駆けよる那月さん。
　だけど、眉をひそめた先生の表情を見て、一瞬にして私の心は黒い雲に覆われた。
「オペは終わりましたが、まだ意識が戻りません。出血量が多く、非常に不安定な状態です」
「え……?　不安定って……」
「いつ、なにが起きてもおかしくない状態だと理解してください」
「……っ!!」
　先生の言葉に、私は思わず息をのんだ。
　ガツンと鈍器で殴られたような衝撃が頭に走り、目の前がまっ白になる。
　うそっ、そんな……。
　安堂くんに……もしものことが起こったら……。
　笑いかけてくれることも。
　優しい声で話しかけてくれることも。
　甘い言葉でドキドキさせてくれることも。

もう……もう、なくなってしまうの？
　　　そんなの……。
「イヤ、イヤだよ……安堂くん……っ」
『ひなちゃん』
　　　そう呼ぶ安堂くんの笑顔が、脳裏をよぎる。
　　　これは、悪い夢……？
　　　視界が絶望の色に染まった。

　　　安堂くんが病院に運ばれてから、すでに4時間がたっていた。
　　　心電図の音が鳴り響く病室。
　　　まっ白なベッドの上に、安堂くんは横たわっている。
　　　顔の傷も呼吸器も、頭から足の先にまでたくさんの管をつけられたその姿も、今の安堂くんは見るのもツラいほどに痛々しい。
　　　まるで、私の知っている安堂くんじゃないみたいで……。
　　　ベッドの横にあるイスに座った那月さんが、安堂くんに話しかける。
「叶翔、ねぇ、いつまで寝てんの。早く目、覚ましてよ……」
　　　那月さんの声が、ふるえていて……。
　　　私は後ろからその姿を見つめることしかできない。
「陽向ちゃんのこと泣かせてんじゃねぇよ。陽向ちゃんのこと、守るんだろ……？」
　　　あぁ、ダメだ……。涙が止まらない……。
　　　そのとき、病室のドアが開き、看護師さんが入ってきた。

「医師から話があるようなので、ご親族の方は来ていただけますか？」
「……わかりました」
　那月さんが静かに立ちあがり、私の方を見た。
「陽向ちゃん、叶翔のこと頼むね」
「はい……」
　看護師さんに続いて那月さんが病室を出て、病室には私と安堂くん、ふたりきりになった。
　静かな空間に、心電図と呼吸器の音だけが鳴り響く。
「……安堂くん……」
　イスに座って、力のない安堂くんの手のひらをそっとにぎりしめる。
「安堂くん……。ごめんね……私のせいでっ……。痛かったよね……？」
　だけど、声が届くことはないんだ……。
　にぎりしめた手に、ぽつりぽつりと涙が落ちた。
「……まだ、告白してないよ……。名前だって呼んでないじゃない……。起きてくれなきゃ、イヤだ……」
　それに、事故が起こる前に、安堂くんが言おうとした言葉。
『……俺やっぱり、ひなちゃんがいないとダメなんだよ。だから、これからも笑っててほしい。だれよりも、一番そばで。……俺ね、ずっとひなちゃんのことが……』
　そこまでしか、聞けなかった。
　途中までじゃわからないよ……。
　あのとき、なんて言おうとしたの？

最後まで教えてよ……。
　安堂くんの顔にかかった髪を、そっとよけた。
　こうやって安堂くんを見つめていると、安堂くんとの思い出がよみがえってくる……。
「……ねぇ、安堂くん。あのとき、声をかけてくれてありがとう。出会ってくれて、ありがとう……」
　安堂くんはキラキラしてて、もちろんまわりにいる子もキラキラしてて。
　私なんかとは住む世界がちがった。
　だけど、そんな私に、安堂くんは友達になろうって言ってくれた。
　あの日声をかけてもらわなかったら、きっと私たちが笑顔を交わすことなんてなかったんじゃないかな……。
　そして、安堂くんは私にたくさんのものをくれた。
　シュークリームを食べに行ったことも。
　先輩から助けてくれたことも。
　お見舞いに行ったことも。
　階段から落ちそうになった私を、抱きとめてくれたことも。
　告白されているときに連れだしてくれたことも。
　コーヒーゼリーを食べてくれたことも。
　一緒に花火を見たことも。
　全部、全部大切な思い出……。
　こんなにもキラキラした思い出を、安堂くんはくれたんだ……。
　そして、そんなキミに。

気づけば、恋に落ちていた。
「うぅ……っ、安堂、くんっ……」
　安堂くんが目を覚ましてくれたら、もうそれだけでなにもいらない。
　もう一度、笑いかけてほしいの、あの大好きな笑顔で。
　だから、目を開けて……。
　祈るように安堂くんの手をにぎりしめていると、ドアが開き、那月さんが帰ってきた。
「遅くなってごめんね。もう遅いし疲れただろうから、送っていくよ」
　那月さんの言葉に、私は必死に首を振った。
「で、でもっ……。私、安堂くんのそばにいたいです……っ！」
　この手を離したくない。
　目が覚めるなら、そのときをいつまでだってとなりで待っていたい。
　だけど、那月さんは静かに首を振り、そして優しく微笑んだ。
「叶翔だったらぜったい、陽向ちゃんを送ってって言うはずだよ。自分のせいで陽向ちゃんが体を壊すなんてこと、望んでない。陽向ちゃんだって、今日は疲れてるはずなんだから、帰った方がいい」
「那月さん……」
「コイツ、チャラチャラしてたくせに、陽向ちゃんにだけはバカみたいに一途になったんだから」

那月さんはそう言うけど……ちがう。
　とても悲しいことだけど、安堂くんが好きな人は私じゃない。
「……ちがうんです。安堂くんには彼女がいるから……。私の片想いなんです……」
「え？」
　那月さんが目を見開いた。
　まるで、私がまちがったことを言ったみたいに。
「……どうしてそう思ったの？」
「安堂くんが、告白された相手の子に、彼女がいるって断っているのを聞いちゃったんです」
　すると、那月さんがふるふると首を振った。
「それ……ちがう。ちがうよ。たしかに叶翔には彼女がいるけど、陽向ちゃんはまちがって捉えてる」
　……え？　どういうこと……？
「陽向ちゃん、明日の放課後、うちに来て……！」
　わけがわからないままでいる私の手をつかみ、訴えるような瞳を向ける那月さん。
　私はただうなずくことしかできなかった。

　次の日。
　重い足を引きずって学校に行っても、やっぱり安堂くんのことばかりを考えてしまって。
　SHRでは、担任の先生から「生徒のひとりが事故に遭って、意識不明の重傷だ」と説明がされた。

とたんにざわつきだす教室。
「意識不明の重傷って、だれが!?」
「死んじゃったりして……」
　そんな声が聞こえてきて、ぎゅうっと胸が押しつぶされるような感覚を覚える。
　昨日の、血だらけで倒れている安堂くんの姿が思い出されて。
　安堂くん……っ。
　ぎゅっと目をつむりうつむいたとき、カチコチににぎりしめていた拳の上に、温かい手が置かれた。
　はっと顔をあげると、となりの席のなっちゃんが唇をかみしめ、私を励ますかのようにまっすぐにこちらを見つめていた。
　その強い瞳に、脆くも崩れ落ちてしまいそうだった心が支えられる。
　昨日家に帰ってから、ほんの少し残っていた気力で、なっちゃんに事故のことをメールで伝えた。
　だから、なっちゃんだけが事故の全貌を知っているんだ。
　そんななっちゃんに何度も支えられ、私はやっと放課後を迎えた。
　安堂くんの家に、行かなくちゃ……。
　暗くどんよりとした気持ちのまま、安堂くんの家へと足を向ける。
　ひとりで力なく歩いていると、昨日の那月さんの言葉が思い出される。

『まちがって捉えてる』
　あの言葉の意味は、いったい……。
　状況を把握しきれないまま安堂くんの家に着くと、チャイムを押した。
　バタバタッと走ってくる音が家の中から聞こえてきたかと思うと、勢いよくドアが開き、那月さんが出てきた。
「陽向ちゃん！　よく来てくれたね」
　そう言って微笑む那月さんの眼の下には、寝不足のせいか隈ができている。
　きっと、昨日私を送ってくれたあと、また病院に戻って安堂くんについていたんだ。
「安堂くんの意識は……？」
　すると、さっきまでの微笑みとは一変、表情を暗くして那月さんは首を横に振った。
　まだ、意識が戻ってない……。
　学校に行っている間にもしかしたら……と抱いていた淡い期待が、一瞬にして砕けちる。
「それより、陽向ちゃんに見てほしいものがあるんだ。だから中に入って？」
　見てほしいもの……？
　わけがわからないまま那月さんにうながされて、私は安堂くんの家に上がった。
　そして、
「陽向ちゃん、これ……」
　そう言って渡されたのは、お医者さんから話を聞いて

好きになれよ、俺のこと ≫ 189

帰ってきたときからずっと那月さんが持っていた紙袋。
「え……？」
「事故のとき、胸ポケットに入ってたらしくて、さっき持って帰ってきたんだ。叶翔は陽向ちゃんにヒミツにしてたみたいだけど、誤解を解くためにも知ってほしくて……。それを見れば、全部わかるはず」
「……っ」
　文化祭のときの安堂くんとの会話が、頭の中で再生される。
『……安堂くんは、なんでそんなに切なそうに笑うの……？』
　そう聞いたら、安堂くんは言ったんだ。
『切なそうに笑う、か……。……ごめんね、でもそれは言えない。俺には、ヒミツがあるから』
　ドクンと低く重く、鼓動が鳴る。
　これを見たらわかるの……？
　安堂くんが悲しそうに笑う理由が――。
　ほんの少しだけ怖いけど……。
　私は……安堂くんのことを知りたい。
　おそるおそる手を伸ばし、紙袋を受けとる。
　この中に、安堂くんのヒミツが隠されてるんだ……。
　ふるえる手で紙袋を開き、そして中に入っていたものに視線を落とした私は、思わず目を見開いた。
「こ、これ……」
　そこに入っていたのは、血のついた生徒手帳。
　そして、キーホルダー。
　なんで……？

私とお揃いの、ピンク色のうさぎのキーホルダー……。
　私は、思わず自分のスクールバッグについたそれを確認する。
　でも、それはたしかに２つあって。
　紙袋の中から生徒手帳を取り出すと、自然と開くページがある。
　その間にはさまれたものを見て、私はふたたび目を見開いた。
「……っ！」
　それと同時に涙がせきを切ってあふれ出し、嗚咽が止まらなくなり、思わず口を手で押さえる。
　目に飛び込んできたのは、生徒手帳にはさまっていた、１枚の写真。
　そこに写っていたのは……安堂くんと――私。
　幸せそうな笑顔で寄り添っているふたりの写真。
　そして写真の下に表記された日付は……去年の冬……。

――『陽向、好きだよ。だれよりも、世界で一番』――

「……あっ……ああっ……」
　生徒手帳を持つ手がふるえ、熱い涙の粒が写真を濡らす。
　その写真を見た瞬間、目まぐるしいほどに湧きおこるたくさんの記憶。
「……かな……と……っ」
　全部、思い出した……。

そう。
　私が、安堂くん——叶翔と付き合っていたということを……。
「……陽向ちゃんはね、交通事故のときに頭を打った衝撃で、記憶を失ったの。叶翔のこと、全部。出会ったことも付き合っていたことも」
「……っ……」
　欠けていたピースがすべてはまり、頭の中を鮮やかな記憶がかけめぐる。
　叶翔とのデートの待ち合わせ場所に行く途中、私は交通事故に遭ったんだ。
　交通事故のせいで失った記憶は、事故直前のことだけじゃない。
　なにより大切な、あなたとの思い出。
「その生徒手帳に挟んだ写真ね、アイツ肌身離さず、胸ポケットに入れて持ってたんだ。宝物だって……」
「……ふっ……うぅっ……」
　大好きだったキミへの想いが涙とともにあふれて、ぎゅうっと胸を締めつける。
　こんなにも大好きなキミへの想いを、こんなにも大切なキミとの思い出を、私はどうして忘れてしまっていたんだろう……。
「……これ、アイツの日記なんだけど、読む？」
　そう言って差しだされた、1冊のノート。
　叶翔の……日記……。

ここに書かれているんだ、叶翔の気持ちが。

私はうなずいて受けとり、まだふるえる手でノートを開いた――。

4月2日

デートに来る途中で、陽向が事故に遭った。

俺とデートの約束をしなければ、陽向は事故に遭わなかった……。

大きなケガはなかったらしいけど、やっぱり心配。

今はまだ、信じられねーよ……。

ごめんな、陽向。

守ってやれなくて。

4月3日

気持ちの整理がつかない。

病院にお見舞いに行くと、陽向が俺のことを忘れていた。

ショックすぎて、なにも考えられねー……。

おばさんに記憶を取りもどすようなことは言わないでくれと言われた。

記憶をムリヤリ思い出させようとすると、脳に負担がかかるらしい。

なんでこんなことになっちゃったんだろう。

もう一度、あの頃に戻りたい。

俺のとなりでヘラヘラ笑っててくれていれば、それだけ

でよかったのに。

4月7日

陽向のお見舞いに行ったけど、会わないで帰ってきた。

会いたいくせに、病室の前まで行くと足がすくんで、結局看護師に見舞いの花だけ渡して帰ってくる。

毎日その繰り返し。

他人の目で見られるのが怖くて。

でもやっぱり、陽向に会いてーな。

せめて顔を見るだけでもいいから。

4月8日

高校の入学式。

なのに、陽向はいない。

合格発表のとき、俺と同じ高校だって喜んでたくせに。

早く元気になれよ……。

4月10日

もう一度だけ、叶翔って名前を呼んでほしい。

名前を呼んでもらえるそれだけのことが、こんなにも幸せなことだったなんて、気づきもしなかった。

マジで元気出ねぇし。

4月15日

陽向が俺を忘れてしまったことを、いつまでもうじうじ

してるわけにはいかないよな……。
決めた。
陽向が学校に登校したら、もう1回はじめましてから始めよう。
一緒に過ごしていた日々を陽向がすべて忘れても、俺がぜったい全部覚えてるから。

4月18日
陽向が今日から学校に登校して、久しぶりに顔を見られた。
嬉しかった。
はじめましてって言った。
本当は抱きしめたかった。
上手に笑えてたかな、俺。
笑顔、引きつってなかった？
俺のこと忘れてしまっていても、陽向はやっぱり変わらず陽向だった。
デートで、大好物のシュークリームを食べさせてやれた。
おいしそうに食べてたなー。
ちょっと満足。
友達から、もう一度始めてみせる。
今度は俺が追いかける番だ。

4月19日
ヒーローか……。
あの日、守ってやれなかった俺はヒーローなんかじゃ

ねーよ……。

4月20日

熱を出した。

最悪なのに、陽向が見舞いに来てくれて、それだけで幸せな気分になるとか、マジで俺重症。

誕生日を思わず言い当てちゃったけど、バレてないかな。

7月25日

先輩から合コンに誘われた。

ま、断ったけど。

断っても何度も誘われるのは、中学の頃遊びすぎたツケだよなー。

いっつもいっつも反省。

でも彼女いるんだから遊ばねぇし！

こう見えても、俺一途だから！

ん？　陽向は今、彼女じゃない？

いや、でもこれからぜったいもう一度、彼女にしてみせる。

8月11日

夏休み、暇すぎ。

レンやダイスケとばっかり遊んでる。

陽向を遊びに誘いたいけど、しつこく思われるかな。

9月2日

夏休みが明けたっていうのに、文化祭の準備で陽向に会えてない。

完っ全に、陽向不足。

ついつい陽向の教室の方ばっか気にして、クラスのヤツらに怒られる始末。

元気にしてるかなー。

9月23日

陽向がクラスの男に抱きしめられてた。

きっとアイツなら、陽向のこと幸せにしてやれるんだろうな。

陽向を取り返すことも、俺の彼女だって牽制(けんせい)することすらもできなくて、本当に情けない……。

9月24日

文化祭。

陽向がヤキモチ妬いてくれた。

嬉しすぎて、ヤベェよ、もう。

思わず抱きしめてしまった。

あー、マジで誤算。

でももう気持ち抑えんのも、限界だっつーの。

可愛すぎんだよ、バーカ。

コーヒーゼリーもすっげぇおいしかった。

付き合ってた頃、よく作ってくれたのを思いだして、ちょっ

とさみしくなった。

10月1日
今日はまじで俺最悪すぎる。
陽向は俺のこと嫌いみたいだ。
しかも、好きなヤツがいるって。
陽向が好きなのは、もう俺じゃない。
なのに俺は最低なことをした。
追いかけるって決めたけど、アイツを傷つけるとか最低じゃん。
ごめんな、陽向。

10月6日
合わせる顔がなくて、会いにいけねー。
会いたい。
会って、謝りたい。

10月20日
防犯ブザーが陽向のことを守ってくれますように。
俺の代わりに頼んだ、うさぎ！

10月21日
誕生日に、陽向に呼び出された。
もう一度やり直せるなら、たったの１％だろうと賭けたい。
もう一度、笑いかけてほしい。

今度こそ俺は、大切なお前を守ってやれるような男になるから。
　だから、もう一度……好きになれよ、俺のこと。

　——ポタ、ポタッ。
　次から次へと涙が日記の上に落ち、何個もの淡いしみを作る。
「うっ、うぅっ……叶翔……っ」
　日記、私のことばっかりだ……。
　ずっとずっと、こんなにも、想い続けてくれていたんだね……。
　どんな想いでキミは笑いかけてくれてたの？
『ひなちゃん』
　ふいに、叶翔の笑顔が脳裏に浮かんだ。
「……っ」
　私は居ても立ってもいられなくなって、部屋を飛びだしていた。
　ただただ、キミに会いたくて。
　大好きな大好きなキミのもとへと、１秒でも早く会いに行きたくて。
「陽向ちゃん！」
　そう呼ぶ那月さんの声を背に受けながら外に出て、走りだす。

走る私の頬を涙が伝い、それは水滴となって夜空へと吸い込まれていく。
　どうしよう、涙が止まらないよ……。
　ごめん、ごめんね。忘れてしまって……。
『はじめまして。俺の名前は安堂叶翔。キミの名前は？』
　あの日、出会ったことは偶然なんかじゃない。
　必然だったんだ。
　そして、あの日の告白の答え。
『ちゃんと心から好きだって思える相手を見つけたんだ。アイツのおかげで、俺は変われた』
『俺は今でもすっげぇホレてるから』
『俺、アイツのこと、たぶん、一生好き』
　あの言葉も、あの微笑みも全部、私に向けられていたものだったなんて……。
　私が記憶を失っても、キミはずっと好きでいてくれたんだね……。
　キミを想うたび、走る足が速くなる。
「陽向ちゃん！」
　突然後ろから聞こえたエンジン音に振り返ると、那月さんの乗ったバイクがこちらに走ってくるところだった。
　そして、少し前方で止まったかと思うと、ヘルメットを投げわたされる。
「病院まで送るから、乗って！」
　那月さん……。
　私はうなずくと、バイクの後部座席に飛びのった。

那月さんの背中につかまり、バイクで風を切っていると、叶翔と付き合っていた頃の思い出が、頭の中を駆けめぐる……。
　それはまるで、記憶の底にずっと溜め込んでいた想いを取り戻すように……。

＊＊＊

　あれは中学３年生の秋。付き合い始めてから、初めて迎えた叶翔の誕生日のこと。
　叶翔に誘われて、放課後、ふたりきりで河川敷に寝転がっていた。
　まぶしくて温かい日の光が目に染みる。
『今日いい天気だね、叶翔！　さすが叶翔のお誕生日だ！』
　空に向かって手を伸ばし、ふととなりに寝転ぶ叶翔の方を見ると、叶翔はこっちに体を向けて微笑んでいた。
『どうしたの？　なんか、嬉しそう』
『いや、陽向に名前呼ばれるの、好きだなーって思って』
『へ？』
　思わぬ言葉に、顔が微かに熱を持った。
『陽向が呼ぶだけで、なんか特別に聞こえるんだよね』
『叶翔……』
　付き合って７か月くらいがたつけど、叶翔の甘い言葉には、いつもドキドキしちゃう。
　叶翔が私の腰を引き寄せ、向かい合わせになった。

『陽向、ずっと俺のとなりにいろよ?』
『もちろん！　叶翔も、ずっと私のとなりにいてね?』
『当たり前だって。ずーっと陽向のそばにいるっつうの！』
『うふふ』

　そのとき、誕生日プレゼントのことを思い出して私は起きあがった。
『叶翔、私ね、お誕生日プレゼントがあるんだぁ！』
『えっ、プレゼント!?　まじ?』

　となりで叶翔がガバッと体を起こす。
『うん！　喜んでくれたらいいんだけど』

　そううなずいてスクールバッグから取り出したのは、可愛らしく包装された小包。

　叶翔はプレゼントを受けとると、嬉しそうな子どもみたいな笑顔でそのプレゼントを見つめてる。

　そんな笑顔を見られるだけでも、幸せだなぁ。
『プレゼント、開けてもいい?』
『うんっ！』

　叶翔にぜったい似合うと思う、ちょっと自信のあるプレゼント。

　だけど……叶翔が小包を開けて、中身が露わになった瞬間、ハッとした。

　だって、それがイヤリングではなくピアスだったから……。

　うそ……、私ってば、まちがえて買っちゃったんだ……っ。

　叶翔はピアスの穴を開けてないから、イヤリングを買ったはずなのに。

『ご、ごめん！　まちがえた！』
　慌てて叶翔の手からピアスを取り返す。
『え？　陽向？』
『私ってば、なにしてるんだろう……。いつもいつも叶翔にもらってばっかりだから、今日くらいお返ししたかったのに……』
　鼻の奥がツンとした。
　なんで私は、いつもこうなんだろう……。
　だって、ずっとずっとプレゼントを探しまわったのに。
　いろんなお店を隅から隅まで見た。
　叶翔の笑顔を見るために。
　なのに、これじゃあ意味ないじゃん……。
　うつむいて涙を堪えていると、ずっと黙っていた叶翔がいきなり立ちあがり、そしてなにも言わずに走って行ってしまった。
　きっと、私に愛想をつかしちゃったんだ。
　……完璧な彼女になりたかったの。
　叶翔に釣り合うくらい、素敵な女の人になりたかった。
　でも、もうダメだ。
　叶翔に……叶翔に見捨てられちゃった……。
　ひと粒涙が流れ、ひとりぎゅっと目をつぶったとき。
『陽向！』
　突然声をかけられて振り向くと、叶翔が立っていた。
『叶翔……』
　走ってきたのか、息を切らしてる叶翔。

そして私に向かって、なにかを差しだした。
それは、ピンク色のうさぎのキーホルダー。
『お揃い。今、そこの売店で買ってきた』
見ると、叶翔も同じキーホルダーを持っていて。
『なんで……』
『陽向が好きな、ピンク色とうさぎ。これあげれば、笑うと思って』
『え……?』
『陽向からプレゼントもらって、嬉しくないわけねーじゃん。このピアス、ぜってぇ穴開けて大切に使うし』
『叶翔……』
『俺は陽向が笑っててくれれば、それでいーんだよ。だから、笑って。俺はそれだけで、世界のどんなヤツより幸せなんだから』
『……うぅっ、かな……とぉ……』
ぽたぽたと、うさぎのキーホルダーの上に落ちる涙。
叶翔の誕生日なのに……。
またやっぱり私がもらっちゃった。
たくさんの、優しさを。
嬉しくて胸がいっぱいで、ぐすんぐすんと涙を流していると、叶翔がほっぺをむぎゅっとつまんできた。
『ひゃむっ!』
『ホント、陽向は泣き虫ちゃんだなぁ〜』
『ひほーい!』
思わず笑みをこぼしていると、叶翔がすごく色っぽい瞳

で私の目を見つめた。
　そして、コツンとおでことおでこが触れ合う。
『……陽向、好きだよ。世界で一番、だれよりも』
『私もだよ、叶翔。大好きすぎて、胸がいっぱい……』
　すると、がばっと抱きしめられた。
　愛しい君の香りに包まれる。
『ヤベー！　俺今、幸せすぎるんだけど』
『ふふっ。私も幸せだよ！』
　そして、私たちは青空の下、約束したんだ。
『ねぇ、叶翔。もし生まれかわって、お互いのこと忘れちゃったとしても、また好きになってね』
　運命だって、信じられた。キミとなら。
　なのに、約束を破ったのは、私だったんだ……。

＊＊＊

　病院に着くと、私と那月さんは面会のための受付を済ませて一目散に叶翔の病室へ行き、勢いそのままに、病室のドアを開けた。
　──ガラガラッ。
「……っ」
　呼吸器を付けた叶翔は、相変わらず意識がなくて。
　シューシューと、呼吸器の音だけが虚しく弱々しく鳴り響いている。
　私は、ベッドのすぐそばにひざまずき、叶翔の手をにぎ

りしめた。
　そんな私を、後ろに立って見守る那月さん。
　叶翔を見つめていると、じわりと目頭に熱いものが込みあげ、それは制御する間もなく、ぽとりぽとりとまっ白なシーツを濡らす。
「うぅっ、ねぇ起きて……？」
　私、思い出したんだよ？
　好きって気持ちは、繋がってたんだよ？
　なのに、いなくなったりするなんて、だめだよ……っ。
　手をにぎる力を込めた。
　お願い、目を覚まして……。
「叶翔……っ！」
　届くように、今にもあふれてしまいそうな気持ちをすべて込めて名前を呼んだ、そのとき──。
　意識がないはずの叶翔の閉じられた目から、つーっと涙が一筋流れた──。

「え……？」
　うそ……。
　い、今……っ。
「叶翔⁉　叶翔！」
　私の呼びかけにこたえるように、長い睫毛が揺れた。
　そして、ゆっくりと瞼が上がり、まだ虚ろな黒い瞳が私を映した。
「……叶翔！」

「……陽、向……」

　大好きなキミの、私の名前を呼ぶ声に、ダムが決壊したかのように、涙が次から次へとあふれ出す。

「叶翔っ。叶翔……」

　叶翔は、弱々しい手で私の涙をぬぐってくれる。

「待たせてごめんね……っ。思い出したよっ、全部……っ」

　その言葉に、叶翔は泣きそうな、でも心から嬉しそうな顔をして、ゆっくりと目をつぶった。

「よ、かった……」

　今度は、叶翔の瞳からキレイな涙が流れた。

　そして、またゆっくりと目を開き、うるむ瞳に私を映す。

「……なぁ、陽向……」

「ん……？」

「……好きって、言って……？」

　叶翔……。

　胸がぎゅうっと、いっぱいになる。

　ずっと、待っててくれたのかな。

　キミは、この言葉をずっと。

　いっぱいいっぱい、待たせてごめんね……。

「好きだよ……。だれよりも、叶翔のことを愛してる……」

「俺も、ずっとずっと……愛してる……」

　愛しさが込みあげてたまらず私は泣きながら、寝たままの叶翔に覆いかぶさるように抱きついた。

　頭をなでてくれる、叶翔の優しい手。

　何度も安心感をくれたこの手の温もりを、私は失った記

憶の中で微かに覚えていたよ……。

もう、離したりしない。
大切な大切なこの人と繋いだ心の手と手を——。

だれよりも、
一番そばで

たくさんの愛を教えてくれたのは
キミでした

まっ青に澄みわたった空。
雲ひとつない青空のもと、私は病院の中庭にひとりで立っていた。
どこまでも続いている。そう信じることしかできないほどの壮大な青空。
深呼吸をすると、新鮮な空気が体中を駆けめぐる。
ふぅっと息を吐いたとき、私は前方に人影を認めた。
それと同時に、あふれ出てしまいそうなほど胸に込みあげる愛情。
私は笑顔で言った。
「おかえり、叶翔」
病院の建物の方から姿を現したのは、すっかり元気になった叶翔。
そう。今日は叶翔の退院日。
叶翔は、目が合うとやわらかく微笑んだ。
「ただいま、陽向」
そしてこちらに走ってきて、私をぎゅうっと腕の中に包み込んだ。
負けないくらい、ぎゅーっと強く抱きしめ返すと、叶翔が私の頭を優しくなでた。
あぁ、叶翔だ……。
その温もりに、じわりと涙が視界を覆う。
私はゆっくりと体を離して、叶翔の顔を見あげた。
「もう目を覚ましてくれないかと思ったんだよ……」
すると、叶翔の瞳と私の瞳とがかち合って、絡みあう。

「陽向の前から、いなくなるわけねーじゃん。俺、ずっと陽向のこと待ってたんだから。それに告白だって途中だし」
「え……？」
「やっと言える。あらためて言いたかったんだ、陽向に」
　叶翔は微笑みを消して、真剣な目で私をまっすぐに見つめた。
「俺、陽向がいないとダメなんだよ。だから、これからも笑っててほしい。だれよりも、一番そばで。……陽向、好きだよ」
　こんなにも遠まわりしたけど、やっぱり私は……。
「叶翔っ、私も……私も好きだよっ」
　そう言った瞬間、涙がぽろぽろと頬を流れ落ちる。
　こんなにも幸せな涙を、私は流したことがないよ……。
　叶翔は優しく微笑んで、私の頬を伝う涙を親指でぬぐった。
「相変わらず、泣き虫ちゃんだなぁ〜」
　変わらない、いつもの叶翔の口グセ。
　でも、そんな叶翔の目も微かにうるんでいて。
　叶翔が、私のおでこにおでこをコツンと当てた。
「正直、もう一度付き合うのはムリかもって思ったこともあったから、すげぇ幸せ」
「叶翔……」
　叶翔がずっと抱えていた気持ちを思うと、私も胸がいっぱいになる。
　きっと、ありったけの愛で想ってくれていたんだね……。
「ねぇ陽向、さっきの好きってもう一回聞かせて？　陽向

の方からの言葉でもう1回聞きたい」
　じんと胸の奥が熱くなる。
　何度でも、何度だって伝えるよ。
　伝えられなかった時間の分も、これから取りもどしていけるように。
　私は心を込めて、想いを紡いだ。
「叶翔、私ね記憶を失っても、それでもまた叶翔のことを好きになったんだよ。叶翔が好きなの……」
「陽向……」
　嬉しそうに目を細めたかと思うと、叶翔が私の頭を引きよせ、優しく唇を重ねた。
　想いを通わせた世界で一番大好きな人との甘いキスは、涙でちょっぴりしょっぱくて。
　まるで離れていた時間を埋めるかのように、私たちは唇を重ね合った。
　唇が離れると、叶翔は私の顔をのぞき込んで、ちょっと膨れてみせた。
「俺、ずっとこうやってキスしたかった。我慢するの大変だったんだからな。まぁ、1回は我慢できずしちゃったけど」
「……っ！」
　なんで、こんなにも私をドキドキさせることを言うの、叶翔ってば。
「ま、これからは離してっつっても、ぜってぇ離してやんねーから」

そう言って、叶翔がイタズラっ子みたいな笑みを浮かべた。
その笑顔に、私の頬もふにゃっとゆるむ。
たくさんのことがあったけど、私はずっとずっとキミのことが好きだった。
たとえ記憶を失っても……。
だからね、思うの。
もし生まれかわって離れ離れになって、お互いのことを忘れてしまったとしても。
私たちはまた巡り合って、恋に落ちるんだ──。

☆ ☆
☆ ☆

大人になったら

何度も
何度だって
たったひとりのキミに恋をする

それから月日は流れ、冬休みになった。
「よしっ！」
　自分の部屋の全身鏡で、服装の最終確認。
　きっと大丈夫なはずっ。
　それから、腕時計に目を向ける。
　あっ、もうそろそろ行かなきゃ。
　私はコートを着て机の上に置いていたバッグを手に取り、急いで階段を駆けおりた。
　その足取りは、自然と軽くなっちゃう。
　なんてったって、今日はクリスマスイブ。
　叶翔とデートの約束をしてるんだもん！
「お母さん、行ってくるね！」
「陽向！」
　キッチンにいたお母さんに声をかけ玄関のドアに手をかけたとき、後ろからやって来たお母さんに呼びとめられて、私は振り返った。
「ん？　どうしたの、お母さん」
「陽向。叶翔くんと、もとどおりになれて本当によかったわね……」
「お母さん……」
　お母さんは申し訳なさそうな、でも嬉しそうな、そんな複雑な表情を浮かべていて。
「お医者様に、陽向の脳に負担をかけるからって言われたとはいえ、陽向とのことは全部なかったことにしてくれって叶翔くんに言ったのは私だから……。ずっと考えてた。

そう言うことが正しかったのか。でも、またふたりがもとに戻れてよかったわ……」
　……叶翔の日記に書いてあった。
　お母さんから、記憶を取りもどすようなことはしないでくれって、言われたって。
　つまり、付き合っていたという事実をすべてなかったことにするということで。
　それは、とても悲しいこと。
　でもきっと、お母さんもずっと悩んでた。
　心配性でナイーブなお母さんだからこそ、いっぱい考えて出した答えだって、わかってるから……。
　叶翔だってわかってくれてるよ、ちゃんと。
　だって、叶翔だもん。
「ありがとう、お母さん。今度こそ幸せになるよ、私たち」
　私たちなら、もうきっと大丈夫。
　そう気づかせてくれたのは、だれでもない叶翔で。
　お母さんが安堵したような微笑みを浮かべた。
「お母さんも、あなたたちの幸せを祈ってる」
「うん……」
　私は微笑み返して、今度こそドアに手をかけた。
「行ってきます！」
　元気にそう声をあげて。

　それから私は歩いて、待ち合わせ場所である時計台へと向かった。

あたりはだんだん薄暗くなって、クリスマスイブだからか、まわりにカップルも多くなってきた。
　今日のデートは叶翔がプランを立ててくれているから、どこに行ってなにをするか、私はまだ知らない。
　連れていきたい場所があるって言ってたけど、どこに連れていってくれるんだろう。
　もうすぐ待ち合わせの時間。
　叶翔待ってるかな……！
　早く会いたい気持ちばっかりが先行して、歩く足を速めたそのとき。
「ねえ！　キミひとり？」
　え……？
　突然後ろから声をかけられて、反射的に振り向くと、そこには大学生くらいの男の人がふたり立っていた。
「ねーね、俺たちと遊ばない？」
「へっ？」
　わ、私？
　お兄さんたちは口の端をあげて、徐々に距離を詰めてくる。
　そして、あっという間に進行方向にまわられ、行く手を阻まれてしまった。
　この人たちチャラチャラしてて、ちょっと怖い……。
「ごめんなさい、私急いでるので……！」
　そう言って、ふたりの間を通りすぎようとしたとき。
　ひとりのお兄さんに手首をつかまれて、私は思わず立ち止まった。

「えっ？」
「いいじゃんかよ〜！　俺らとあっちに遊びに行こ？」
　お兄さんにぐいぐい手を引っぱられる。
「や、イヤです……っ」
　抵抗を試みても、男の人の腕力にかなうわけがなくて。
　助けを呼ぼうにも、周りには人がいない。
　……ど、どうしよう……。
　このままじゃ連れてかれちゃう！
　怖くなって、ぎゅっと目をつぶったとき。
「……なにしてんだよ、お前ら」
　突然聞こえた声に反射的に振り向くと、そこには叶翔が立っていた。
「叶翔……！」
　叶翔の姿を認めたとたん、安心感から鼓動が落ち着く感覚を覚える。
　一方の叶翔はというと、その顔はいかにも怒ってるっていうのがわかるほど、すっごく不機嫌で。
「あ？　なんだお前。関係ねぇヤツは引っ込んでろよ」
　お兄さんがそう言い、叶翔に背を向け、また私の手を引いて歩きだそうとしたとき。
　──バシッ。
　歩きだすよりも先に、お兄さんの手を叶翔がつかんだ。
「俺の彼女に手ぇ出すとか、お前ら死にたいの？　早くその汚い手を離せよ」
「……え、あ、あのっ……」

叶翔の威圧に、さっきまで口の悪かったお兄さんが一変、蚊の鳴くような声をあげた。
　だけど……、おびえていたのは私も一緒で。
　だって、だって……叶翔、怖すぎるよ……!!
　叶翔がこんなに怒ってるの、初めて見た……!
「あ、あの、俺たちは……」
「——あ?」
　ふ、不機嫌MAXだ!
　鋭い眼光のまま、お兄さんの言葉も一蹴しちゃう叶翔。
　その威圧感に耐えられなくなったのか、お兄さんたちは私たちに背を向けると一目散に駆けていった。
「叶翔、助けてくれてありがとう……」
　お兄さんたちの姿が見えなくなって、叶翔の方に体を向けたそのとき。
　——ギュッ。
「えっ……?」
　なぜか、叶翔に抱きしめられていた。
　私の体に回るのは、いつもの包み込むような優しい腕ではなくて、強引さをはらんだ腕。
「ど、どうしたの……っ?」
「ほかの男が陽向に触ったとか、マジでムカつく……」
「叶翔……」
　その声は、いつもの余裕のある甘い声じゃない。
　拗ねた小さな男の子みたいな、ぶっきらぼうな言い方で。
　あぁ、大切にされてるなぁ、私……。

こんな状況なのにそんな風に思ってもらえることを、幸せだなんて感じちゃうのは、やっぱり不謹慎かなぁ……？
「でも、それ以外はなにもされてないよ？」
　少しでも安心させてあげたくてそう言うと、叶翔はゆっくりと体を離した。
「……来るの、遅くなってごめん」
　私はふるふると首を振った。
　だって、ここは待ち合わせ場所じゃないもの。
　それなのに、叶翔は来て助けてくれた。
　呼んですらいないのに。
「来てくれて嬉しかったよ。いつも叶翔は私のこと見つけてくれるね」
　ヒーローみたいに、いつだってピンチになると見つけだしてくれるんだ。
　すると、叶翔がフッと優しく笑った。
「俺、陽向の居場所って、なんでかわかるんだよね。陽向のことなら、どこにいても見つけだす自信あるよ、俺」
「……っ」
　その笑顔は、ズルいよ……。
　叶翔は私を、キュンキュンさせる天才だと思う。
　好きって気持ちばっかりが膨らんでいく。
　でもきっと、この気持ちに上限なんてないんだ。
「よし、じゃ行こっか、デート。俺についてきて？」
「うん！」
　歩きながら、叶翔が私の手をにぎった。

「陽向、すっげぇ可愛い。ほかのヤツらに見せたくないくらい」
　そして、甘く、そうささやく。
　そんなこと言うのは、ズルいよ……。
「叶翔だってカッコよくて……いつも不安になるんだよ？」
　現に今だって、すれちがう女の人たち、みんな叶翔の方を振り返ってるし！
　すると、私の真剣さに反して叶翔が吹きだした。
「ぷはっ。そんなことでまだ不安になってんの？　大丈夫だよ、俺は陽向のもんだから」
「そっ、それを言うなら、私だって叶翔のものだもん！」
　と、叶翔の頬が赤みを帯びたことに気づいた。
　あれれ？　叶翔らしくない反応。
「……っ。ったく、それは反則……」
「ん？　反則って、なにが？」
　首をかしげていると、叶翔に頭をぐちゃぐちゃーってなでられた。
「わっ」
「陽向が可愛すぎるってことだっつーの」
「なっ……！」
　不意打ちでそんなこと言うなんて、やっぱりズルい！
　だけど……今回だけは許してあげようかな。
　だって、叶翔の頬もちょっぴり赤いから。
　いつもは余裕そうな叶翔だけど、今回はちがうみたいしっ。

叶翔もドキドキしてくれてるってことでしょう？
　そのことに気づくとなんだか嬉しくなって、ニヤけてしまう頬を引き締められないでいると。
「陽向、前向いてみて？」
　ふいに叶翔がそう声をあげ、言われたとおり顔をあげた私は思わず叫んだ。
「わぁっ！」
　だって、カラフルなイルミネーションに包まれた大きなクリスマスツリーが目の前にあったのだから。
　シャンパンゴールド色に光る街路樹が並ぶアーケードの中でも、いちだんとまぶしい光を放つツリー。
　多くの人がみな、足を止めてツリーを見あげている。
「キレ〜っ！」
「陽向に、このツリーを見せたかったんだ」
「叶翔……」
「気に入った？」
「うん！　とっても！　ありがとう、叶翔……！」
　こんなキレイなツリーを大好きな人と見られるなんて、幸せすぎるよ……。
「ねぇ、陽向」
　たくさんの光が瞬くツリーに見とれていると、私の名前を呼ぶ叶翔の声が降ってきた。
「ん？　なぁに？」
「ちょっとだけ、目つぶって？」
「え？　うん、わかった」

言われるままに、目をつぶる私。
いきなりどうしたんだろ？
目をつぶっていると、叶翔が私の手にぎゅっと指を絡めてきた。
ん？　手を繋ぎたかったのかな？
「目、開けていーよ」
叶翔にそう言われて目を開き、触れられた手に視線を向けた私は思わず目を見開いた。
「……っ」
だって……。
「これ……指輪……？」
左手の薬指に、キラキラ輝く指輪がはまっていたから。
「結婚指輪の場所の予約」
「え……？」
顔をあげると、叶翔が優しく微笑んでいた。
「今はそんな指輪しかやれねぇけど、いつか本物の結婚指輪を陽向に贈らせて？」
「……叶翔……」
「だから、陽向。大人になったら俺と結婚してください」
胸の中まで響いてくる、叶翔のまっすぐで揺らぎのない声。
……ねぇ、叶翔……。
幸せすぎると、言葉ってすぐには出てこなくなっちゃうんだね。
頬を熱いものが伝う。
「……だよっ。もちろんだよっ、叶翔……っ」

私は思わず、叶翔に抱きついた。
　叶翔はしっかりと受け止めて、そしてぎゅうっと抱きしめてくれる。
「陽向、ぜってぇ幸せにするから」
「私も、叶翔のことを幸せにできるような人になりたいよっ……」
　叶翔がそっと体を離した。
　私を見つめるその瞳は、熱を帯びている。
「……ヤベェ」
「え？」
「今すごく、陽向にキスしたい」
「……っ」
　目の前にある叶翔の顔は、ビックリするくらいに整っていて。
　こんなに完璧でカッコいい人と、私なんかが釣り合うのかなって、不安になるときもたくさんある。
　でもね、そのたびに叶翔が愛をくれるんだ。
　その愛は、信じられるから。
「……いいよ」
　消え入りそうな声で、そうつぶやいた。
　うう～、はずかしすぎるっ……。
　おそるおそる叶翔を見あげると、
「あー、陽向のせいで、止まらなくなりそうなんだけど」
「へっ？　んっ……」
　次の瞬間にはもう、唇は奪われていた。

大切にされてるんだってことが伝わってくる、そんなキスに、私は身をゆだねるようにして目を閉じた。

　私は記憶を失った。
　それでも『はじめまして』って、叶翔はもう一度"出会って"くれた。
　最初は、チャラチャラした男の子かと思って、ちょっと怖かった。
　遊び人だなんて噂を聞いたりもした。
　でも、叶翔のことを知っていくうちに、そんな誤解はあっという間に解けた。
　そして、まっすぐな叶翔の気持ちに、いつの間にか惹かれてたんだ……。
　叶翔に彼女がいるって誤解をしたときは苦しくて、たくさん泣いた。
　でも、あきらめようとしても、気持ちが大きくなりすぎていて、ちっともあきらめられなかった。
　そして、気持ちを伝えようとした日、叶翔は私のことをかばって事故に遭った。
『大切なお前を守ってやれるような男になるから』
　日記ではそう書いてたけどね、私、叶翔に助けられてばっかりだよ……？
　それから、私たちはもう一度気持ちを重ね合わせることができた。
　記憶を失っても、私はまた、キミを好きになったんだ。

そっと唇が離れると、私はまだ涙の溜まった瞳で叶翔を見あげた。
「叶翔、好き。大好きだよ……。ずっと一緒にいたい……っ」
　すると、叶翔は目を細め、甘く妖艶な微笑みを浮かべた。
「俺は陽向が思ってる以上に、陽向にぞっこんだから、覚悟しとけよ？」
　そして、またキスが降ってきた。
　叶翔の服をギュッとにぎる私の薬指では、優しい光が輝きを放っている。
　……大好きだよ、叶翔。
　叶翔を想う気持ちだけは、だれにも負けない自信があるの。
　だから、これからもずっと、大好きなキミのとなりにいさせてね……？

ぜったいに、
生まれかわっても
キミが好き。

. fin *.*

俺だけの一等星
【叶翔side】

キミはまるで
どんなに暗い夜空の中でも
鮮やかに光を放つ
一等星のような存在だった――

キミを守る

　冷たい風が吹きつける、高1で迎えた誕生日。
　陽向に呼び出され、俺は駅前に向かった。
　仲直りをしたくて。
　そして……告白をしたくて。
　あの日——陽向から好きな人がいると言われた日、気持ちを抑えきれなくて、俺は陽向にムリヤリキスをした。
　仮にも彼女である陽向に好きな人がいるなんて、信じられなくて、その相手にむかついて。
　ホントは俺が彼氏なんだって、陽向に伝えたかったのかもしれない。
　だけど、陽向からしたら最低だよな……。
　だって陽向の中で、俺はたぶん"友達"だから。
　あの日から気まずい関係になっていた、陽向と俺。
　だけど、陽向は俺が走りよるなり、抱きついてきてくれた。
『もう、もう私になんか……会いに来てくれないって思ってた……っ』
　涙声でそう言って。
　バカだなぁ。そんなわけねぇじゃん。
　何度だって、会いに行くよ。
　俺の腕の中で泣きじゃくる陽向が愛おしくて、久しぶりに感じるその温もりを噛みしめる。
『安堂くんと関わりたくないとか嘘だよ……っ。本当は、

ずっとずっと安堂くんのそばにいたいのっ……』
　……あぁ、好きだ。
　やっぱり愛おしくてたまらないんだ。
　もう、抑えるのにいっぱいいっぱいで、今にもあふれ出しそうで。
　ねぇ、お願いだよ、陽向。
　もう一度、俺の彼女になってください……。
『……俺、やっぱり、ひなちゃんがいないとダメなんだよ。だから、これからも笑っててほしい。だれよりも、一番そばで』
　陽向が俺をうるんだ瞳で見あげる。
　その瞳に映る俺は、陽向にはどう見えてるんだろう……。
　だけど、
『ずっとひなちゃんのことが好きだった』
　その言葉を遮るように、陽向のバッグから俺とお揃いのキーホルダーが落ち、陽向がそれを拾おうと追いかけた。
　陽向がしゃがみ込み、キーホルダーを拾いあげたその瞬間、俺の目に飛び込んできたのは、
「……っ！」
　陽向の頭上に向かって降ってきた大量の鉄パイプ。
　このままでいたら、陽向は鉄パイプの下敷きに——。
「ひなちゃん、あぶない……!!」
　気づけば俺は、そう叫んで走りだしていた。
　陽向が事故に遭ったあの日から、俺は心に決めていた。
　なにがあっても、キミを守ると。

もうあんな目には遭わせない。
　今度こそ、ぜったいに俺が守るから。
　陽向の背中を勢いよく押した次の瞬間、すさまじい衝撃が体全体に走り、俺の体は否応なしに押したおされていた。
　……意識がぼーっとして、体が動かない。
『あ、……安堂、くん……？　ねぇ、安堂くん……っ！』
　遠くで微かに、俺の名を呼ぶ動揺しきった陽向の声が聞こえた。
　あぁ、よかった……。
　陽向は無事だ……。
　やっと、キミのことを守れた……。
　つかの間の安堵とともに、俺は意識を手放した——。

　次の瞬間、気づくと俺はまっ白な世界にいた。
　死んだのかも、どうなっているのかもわからない。
　ただふわふわしていて……。
　そして、その世界で自然と俺は目をつぶっていた。
　つぶろうと思ったわけでもなく、瞼が勝手に動いていたんだ。
　謎の力に抗うことなく目をつぶっていると、頭の中を駆けめぐったのは、俺の過去……。

出会い

　人を好きになるとか、愛する人を命を懸けて守りたいって思うとか、そんなの全然わからなかった。
　っていうか、わかろうともしてなかった。
　……キミと出会うまでは。

『ねぇ、叶翔ぉ！　今の彼氏飽きたんだよねぇー。遊ぼうよぉー』
『ん～、いいよ。じゃ、今夜俺んちおいで？』
　中学２年生。
　俺は、荒れていた。
　幼い頃に父親が家を出て行き、母子家庭で育った俺は、母親が男と遊びまくってるのをずっと見ていた。
　母親は平気で男を家に連れ込み、まるで俺も姉貴も存在しないかのように扱った。
　たぶん、それで感覚が麻痺してたんだと思う。
　愛されるということも愛することも知らなかった俺は、姉貴の制止を気にとめることもなく遊びまくった。
　いろんな女と付き合い、そして３日で別れる。
　３日でちょうどよかった。
　それ以上深入りすることもイヤだったし、全部遊びの関係だったから。
　今思えば、最低な生活をしてたと思う。

なのに遊んでも遊んでも、俺の空虚な気持ちが満たされることはなく、ただただ毎日を無意味に生きてた。
　そんな俺の前にキミは現れたんだ……。
　それは、中3になったばかりの春のある日のこと。
『あの……っ、私、安堂くんのことが好きです』
　俺は空き教室に呼び出されて、告白されていた。
　告白されることは数えきれないほどあったけど、だいたいは派手な女ばっかりで、こういうタイプの女はあんまりなかった。
　おとなしそうで、ちょっとでもからかったら泣いちゃいそうだな、この子。
　名前は……なんだっけ。
　たしか、飛鳥……陽向？
　クラスメイトだけど接点もなかったから、俺の記憶にはあんまり残ってないなー。
　でも、まっ赤な顔で告白されるその感覚に新鮮さを覚え、俺はちょっと興味を持ったのだと思う。
『なんで告白してくれたの？』
『……あっ、あの、この間見たんです。登校中、安堂くんがお婆ちゃんをおぶって歩いてるとこ……。そのせいで遅刻しちゃったのに、先生には遅れた理由言わなくて。そんなところが、素敵だなって……』
　そう言ってその女は、はにかみながら笑った。
　……見られてるとか、最悪。
　そういうところを見られると、バカにされることが多

かった。
　そんなの叶翔らしくないって、決まってそう言われて。
　なのに、この子はちがった。
　それでまた少し興味が湧いたんだ。
　ちょっと、おもしろそうかも。
　どうせ3日で別れるんだし、こういう子と付き合ってみるのもアリかなって。
『じゃあ、付き合おっか』
　出したのは、こんな軽い答え。
　だから、最初はほんの少しもキミのことを好きじゃなかったんだ。
　ただの遊びだった……。
　そして、そのあとの陽向の反応はある意味強烈なインパクトを残した。だって、
『……ほ、ほほほホントです、か……っ』
　そう言って、フラーッと倒れたのだから。
　……ちょっ、あぶねぇ！
　倒れる寸前に、間一髪抱きとめた。
『えっ!?　大丈夫!?』
『は、はひ～』
　そう答えたかと思うと、次の瞬間、体じゅうの力が抜けて、陽向は意識を失った。
『マジで……』
　目まぐるしいこの展開に、思わず呆気にとられる俺。
　っていうか、この子どうにかしないと。

いつまでも抱きとめてるわけにもいかねぇし……。
　俺は、驚きと困惑と少しの笑いを堪えて、保健室に運ぶために陽向を抱きあげた。

　スースーとおだやかな寝息を立てて、陽向は保健室のベッドに横たわっている。
『まぁ、寝不足だろうねー』
　保健室の自称マドンナである養護教諭の桜ちゃんが、陽向を見下ろしながら言う。
　30代半ば（正式年齢非公開）の桜ちゃんとは、授業をサボるために保健室に出入りするうちに、親しくなった。
　サバサバして、竹を割ったような性格の桜ちゃんには、ヘンな気遣いもせずなんでも話せた。
　もちろん、家族のことも。
『寝不足っすか』
『まぁ、大丈夫でしょ。普段は女子に優しくなんかしないキミが、抱きかかえてくれたなんて知ったら、喜ぶでしょうし』
　桜ちゃんは、なかなか鋭い。いつも核心を突いてくる。
　……そうだ。
　まわりから見れば、女子に優しくしてるって見えるかもしれない。
　でもちがうんだ。ただ遊んでるだけ。
『……お母さんの方は？』
『相変わらず。帰ってなんかこねぇよ』

『そう……。夜とか大丈夫なの？』
『姉貴が深夜にコンビニでバイト始めたから、夜は最近ずっとひとり』
『ひとりなんて……』
　そのとき、保健室の古びた柱時計が鳴った。
『あっ、いけない。もうこんな時間だわ』
　突然なにかを思い出したように、パタパタとスリッパを鳴らして走りだし、あわてて机の上のファイルをまとめはじめる桜ちゃん。
『なんか用あるの？』
『職員会議よ、職員会議！　ごめん、行ってくるから、飛鳥さんのこと頼むわね！』
　早口でそう言い残し、桜ちゃんは保健室を出ていった。
　相変わらず嵐みたいだな、あの人。
　桜ちゃんを見送り、陽向が眠るベッドの方を振り返ると、陽向がちょうど目を覚まして上半身を起こしたところだった。
『わ、私……』
　キョロキョロとあたりを見回す様子を見ると、まだなにが起きたか理解できてないみたいで。
　俺は、ベッドの近くに置かれたイスに座った。
『寝不足で倒れたんだよ』
『えっ？』
『で、俺がここまで運んできたんだよ』
『……っ!?　うそっっ！』

知らされた事実に、陽向が目を丸くして驚きの声をあげる。
『寝不足って、昨日の夜忙しくしてたの？』
　そう聞くと、かぁぁっと頬を赤らめる陽向。
　モジモジとはずかしそうに視線を揺らし、うつむきがちにつぶやいた。
『い、忙しくっていうか、あの、告白のこと考えてたら、一睡もできなくて……』
『……ぷっ』
　想像の斜め上をいく陽向の告白に、俺は思わず吹きだしていた。
　やっぱりこの子、おもしれー。
　告白に緊張して寝不足になって、告白したあと倒れるとか前代未聞すぎ。
『も、もー！　笑いすぎだよっ！』
『だって、だってさー、ふはっ』
　陽向に肩をどつかれるが、それでも笑いは収まらず。
『ふははっ』
『……ふ、ふふっ』
　いつまでも笑っていると、つられたのか陽向も笑いだす。
『ふふ、たしかに、告白して倒れるとかはずかしいっ！』
　ひとしきり笑うと、陽向は笑いすぎて流した涙を吹きながら、『でも』と言った。
『安堂くんの笑顔見られてよかった！　そんな風に笑うんだね！　また好きが増えちゃったよ……！』
　そして、照れたようにえへへと笑う。

その笑顔は、直視することをためらうほどまぶしくて。
ドキン……と、心臓が反応した。
……不意打ちでそんな笑顔向けるなよ……。
この子、今自分がどんな顔してるのか、わかってんのかな。
いや、わかってないんだろうな……。
こんなにもまっすぐに好きと言われたのは初めてで。
柄にもなく、頬がほのかに火照るのを感じる。
いつまでも、その笑顔を見ていたいと思っている自分がいた。
……それに、こんなに笑ったのはいつぶりだろう。
ずっと顔の上にあったのは、いつの間にか張りついた、上辺だけの笑顔だったから。
そんな俺から笑顔を引きだしてくれたのは、まちがいなく目の前にいるこの子で。
『ありがとう……』
と、そのとき。俺の微かな声を遮るように、ガラガラッと勢いよく保健室のドアが開いた。
それと同時に聞こえてくる、間延びした明るい声。
『よぉ〜っす！　陽向ちゃん、大丈夫？』
声のした方を振り向くと、おちゃらけた男が立っていた。
陽向がここにいるとわかったのはきっと、さっき職員会議に向かった桜ちゃんに聞いたのだろう。
『あっ、委員長！』
となりでベッドに座ったままの陽向が、声をあげる。
そう。このあきらかにおちゃらけたヤツが、うちのクラ

スの委員長。
　着崩した制服に、ツンツンにワックスで固められた髪という出で立ちは、委員長という役職には似つかわしくない。
　しかも、委員長に立候補にした理由が、"モテそうだから"といういい加減すぎるヤツ。
　……ってか、なんでここに来たの？
　委員長のことをまじまじと見ていると、バチッと視線がぶつかった。
『へ？　安堂？　なんで安堂がここにいんの？』
　すっとんきょうな声をあげる委員長。まぁ、今まで絡みのなかったこの組み合わせを見たら、驚くのもムリはないか。
『あのね、安堂くんが保健室まで運んでくれたの』
『へ……？』
　俺が答える前に陽向がはずかしそうにそう言ったとたん、委員長の目の色が変わった。
　驚きと困惑と苛立ちが混ざったような反応。
　あ……。
　一瞬で悟った。
　こいつが、陽向のことを好きだということを。
　委員長は俺のことなんか視界に入ってないとでもいうように、ずかずかとベッドのところまでやってきて、
『陽向ちゃん、俺荷物持ってきたんだ。だから家まで送るよ』
　図々しくも陽向の手をにぎった。
『え？　でも……』

委員長に手を引かれベッドから出た陽向は、とまどった表情を浮かべ、助けを求めるようにちらりと俺を見る。
　しかし、その視線を遮るように委員長は陽向の手を引いた。
『さっ、行こうか』
『い、委員長、私っ……』
　委員長は、なにか言おうとしている陽向の声に耳を傾けず、手を引いたまま保健室を出た。
　保健室を出るときに振り返った陽向は、今にも泣きそうな顔を浮かべていて……。
　保健室には、立ちすくんだ俺ひとり。
　……なんで。
　なんでこんなにむかつくんだよ……。
　心の奥が、ジリジリと焼けるような感覚がした。
『……っくそ』
　この気持ちの正体なんかを考えるよりも早く、俺は気づけば走りだしていた。
　そして前方を歩くふたりに追いつくと、陽向の手に回った委員長の手をどけ、陽向の手首をつかんだ。
『……待てよ、俺が送る』
　立ち止まり、目を見開いてこちらを振り返る委員長。
『え？　な、なんで安堂が……』
　なんでって、そんなの……決まってる。
『ほかの男に送らせたくないから』
『安堂くん……』
　陽向が今にも消え入りそうな声をあげ、俺を見あげた。

なぜそんなことを口走っていたのか、わからない。
　　でも、陽向と委員長がふたりきりになるのが許せなかった。
　　驚いていたのは、委員長も同じで。
　　あきらかに動揺したように、でもそれを隠すように苦笑いを浮かべた。
『は？　俺は委員長だぞ？』
『でも、コイツの彼氏は俺だよ』
『なっ……。っていうか今、彼氏って言った!?』
『そーいうことだから。行こ、陽向』
『え、あ、うんっ……』
　　俺は驚く陽向の手を引き、委員長の手から荷物を奪うと早足で歩きだした。
　　無性にその笑顔を独占したくて、嫉妬してる。
　　あーもう、意味わかんね……。
　　なんなんだよ。
　　今日の俺、どうかしてる。
　　全部、陽向のせいだ……。
　　俺は、校門を出たところで足を止めた。そして、陽向の手首をつかんでいた手を離す。
　　外はいつの間にか薄暗くなっていた。
『ごめん、急に連れだして』
　　ほとんど衝動的だったとはいえ、さっき倒れたばっかりの陽向を走らせちゃったし。
　　だけど、陽向はぶんぶんと首を横に振った。
　　そして、ニコーッて笑顔を浮かべるんだ。

『ううん！　安堂くんヒーローみたいだった！』
『え？　ふっ……、ヒーロー？』
　思いがけない言葉に、思わず吹きだす俺。
　ヒーローとか、初めて言われたんだけど。
　やっぱりおもしろいこと言うなぁ、この子。
　だけど、なんだか心の奥がくすぐったくて。
『いーよ。じゃあ俺がヒーローになってやる』
　気づけばそんな言葉が口をついて出ていた。
　……なに言っちゃってんの、俺。
　やっぱり今日の俺どうかしてるだろ、ぜったい。
　でも、すごーく嬉しそうに笑う陽向を見ていると、まぁいっか、なんて思っちゃうんだ。
『あっ、安堂くん、見て！』
　陽向の家に向かって少し歩いたところで、突然陽向が声をあげ、空を指差した。
　え？
　陽向の指差す方に視線を向けると、無数の星たちの中でキラリと一際輝く星が見えた。
『一等星だね、あれ！』
『そーだね』
　いつの間にか夜空いっぱいに散りばめられていた星たちの中でも、その一等星だけはほかとはちがう輝きを放っているようで。
『……ねぇ、安堂くん』
　ふいに声をかけられ陽向の方を向くと、陽向は手を下ろ

し、俺の方に向き直って笑っていた。
『私ね、安堂くんにとって、一等星みたいな存在になりたいんだ。安堂くんのことを照らして、どんな夜も安堂くんをひとりにはさせないの』
『え?』
『って……、な、なんか偉(えら)そうだね!』

　そう言って、陽向は頬をゆるめ照れくさそうに笑うと、はずかしさをまぎらわすかのように急ぎ足で歩きだす。

　俺は立ちつくし、その後ろ姿を見つめた。

　……もしかしたら、保健室での桜ちゃんとの会話を聞いていたのかもしれない。

　胸の奥が、じんわりと熱くなった。
　なんでこんなにも、俺が欲しい言葉をくれるんだろう。
　なんでこんなにも、この子は俺の心を乱すんだろう……。
　陽向……。
　俺は駆け足気味で陽向に追いつくと、となりを歩いた。
『…………』
『…………』
　夜空のもと、きっと、考えていたことは同じだと思う。
　ふいにコツンと手の甲が、陽向のそれとぶつかり、俺はゆっくりと陽向の手をにぎりしめた。
　……ヤバい。
　小さくてやわらかい手の感触に、優しい静寂の中、心臓がドキドキと音を立てる。
　でもそれは陽向も一緒で。

だって、繋いだ手からドキドキが伝わってくるんだ。
それがさらに俺の鼓動を加速させて……。
こんなにもドキドキするものだとは知らなかった。
手を繋ぐ、たったそれだけのことが。
……ねぇ、陽向。知ってる？
『一等星みたいな存在になりたい』
　そう言われたあの日から、俺はどんな夜も孤独を感じることがなくなったんだ……。

気づいてしまった気持ち

　次の日の放課後、俺は教室に残り、数人のクラスの女たちと話をしていた。
　土砂降りの雨が降っていたから。
　授業中は晴れていたくせに、放課後になってザーザーと降りだしたうるさい雨は、俺から帰る気力をなくさせる。
　……傘持ってくんの忘れるとか、最悪。
　雨が止むまでここで帰るの待つしかないな。
『ねー叶翔ぉー。昨日、飛鳥さんに告られてOKしたんでしょ？』
　上目遣いで腕を絡ませてきた、同じクラスの女に俺は思わず聞き直した。
『え？　もう知ってんの？』
　陽向と付き合いだしたことはだれにも言ってなかった。
　委員長だけにはバレたけど、仮にも陽向を好きな身であったアイツが、俺たちが付き合ってることを言いふらすとは思えないし、いつの間に流れてたんだろう？
　女の情報網は、やっぱりハンパない。
『当ったり前じゃーん！　叶翔が飛鳥さんみたいな、おとなしそうな子と付き合うなんて、そりゃ噂になるよぉ！』
　たしかに陽向は、今まで相手にしてきた女とはちがう。
　まっ白で、純粋だから。
　俺なんかが触れてもいいのかとためらうほどに……。

陽向のふにゃっとした笑顔を思い浮かべたそのとき。
　腕を絡ませている女と、向かいに座った女が、ヘラヘラと笑いながらきっとなにげなく放った言葉が、一瞬にしてその残像を消し去った。
『でもま、叶翔はだれのものにもならないけどね～！』
『叶翔はどうせ３日で別れるもんね』
　……言われて初めて、ハッとした。
　その言葉は核心を突きすぎていて、なにも言い返せなくなった。
　……あぁ、そうだ。３日のはずだったじゃん。
　今日はもう２日目。
　なのに、すっかりそのことが頭から抜けていた。
　陽向はというと、その姿は放課後になってからずっと教室にはない。
　もう帰ったのかな……。
　と、そのとき鳴ったチャイムが俺の思考を遮り、それに代わるように、俺は、姉貴から夕食の買い出しを頼まれていたことを思い出した。
　姉貴は今は引退したといっても、去年くらいまではここらへんを仕切るレディースの総長だった。
　そんな姉貴からの頼まれ事をすっぽかしたなんて言ったら、俺の命がどうなるかなんてわかったもんじゃない。
　しょうがない、帰るか。
　雨は………まぁ、ずぶ濡れになるだろうけど。
『ごめんねー。俺、用あるから帰るわ』

『うん、ばいばーい！』

　身の危険を感じた俺は、そんな声を背中に受けながら、カバンを持って教室をあとにした。

　ほとんどの生徒が帰り、薄暗くなった廊下。

　廊下にかけられた大時計の針は、もう６時を指していた。

　降りしきる雨の音が、学校中に響いている。

　春とはいえ、まだまだ寒いな。

　寒さに身をすくめ、腕をさすりながら昇降口に出たとき、こちらに背中を向けて立つ人影を見つけた。

　その子は、俺の足音に気づくとこちらを振り向き、そして笑った。

『安堂くん！』

　聞き心地のいいソプラノのその声は、聞きおぼえがあって。

　まさかと思いながら、

『陽向……？』

　そうつぶやくと、たしかに傘を持った陽向が、そこにはいた。

『え？　なんで……。帰ったんじゃ……』

　立ちすくむ俺のもとに、陽向が駆けよってきた。

『安堂くん、傘持ってないかもって思って、待ってたんだよ』

『……え？』

『帰っちゃったかもって思って、あせったぁー！　でもよかった、まだいてくれて』

　陽向は相変わらず笑っていて。

でもその笑顔とは対照的に、しゃべるたびに吐かれる息は冷え冷えと白いモヤを作る。
『ずっと……待っててくれたの？』
　……俺がほかの女と話してる間も？
　こんなに寒い中、2時間以上待ってたのかよ？
　俺のことなんて放っておいて、さっさと帰ればいいのに……。
　鼻、まっ赤じゃん……。
　すると、陽向はニコーッと目を細め笑みを深めた。
　それは、寒さなんて感じさせないほど、屈託のない温かい笑顔で。
『だって、傘なかったら叶翔くんが濡れちゃうから』
　バサッ……。
　陽向の持っていた傘が音を立てて地面に落ちた。
　それは俺が陽向を抱きしめたから。
『あ、安堂くん!?』
　俺の腕の中で驚きをみせる陽向。
　強く抱きしめたら壊れてしまいそうなのに、俺は力をゆるめることなんてできなかった。
　この行き場のない気持ちは、陽向を抱きしめることでしか消化できない気がして。
　こんなに体冷えてんじゃん……。
　なんで暗くて寒い中、俺のことなんて待ってんだよ……。
　なんでそんなにまっすぐなんだよ……。
　こんな温かい優しさなんて、俺は知らないんだよ……。

『……バカ。陽向が風邪引いたら意味ないじゃん……』
『安堂くん……』
　陽向がおずおずと俺の背中に手を添え、抱きしめ返してくる。
　そして——俺は気づいてしまった。
　もう隠すことも押し込めることもできない。
　それは、強い確信。
　俺は、この子が好きだ……。
　ずっと知らなかったこの気持ちが、好きという気持ちだとするなら、すごくしっくりくるような気がした。
『帰ろう』
　俺は体を離し、着ていた学ランを陽向の背中にかけた。
『えっ、安堂くんが寒くなっちゃうよ』
　学ランをかけたことに戸惑いの表情を作る陽向。
『俺はいーから。陽向が冷える方が困る』
『安堂くん……、ありがとう』
　頬を赤くして俺を見あげる陽向を、どうしようもなく愛おしく思った。
　……いつの間にか、こんなにも惹かれてたんだな……。

　それから、別れ際に連絡先を交換した。
　家に帰ってからも、ベッドの上に寝そべり、スマホのアドレス帳に表示される『飛鳥陽向』の文字を何度も見つめてしまう。
　そっと目を閉じると、あの笑顔が思い浮かぶ。

なんでだろう。
陽向がとなりにいると、心が温かくなる。
今まで孤独に生きていた自分が、消えていくかのように……。

本気の恋だから

　次の日。
　自分の気持ちにようやく気づけたというのに、なんだか陽向の様子がおかしい。
　俺のことを避けるんだ。
　教室で目が合っても瞬間で顔をそらすし、休み時間に話しかけようとして近づくと、友達のもとへと走って行ってしまう。
　まるで、俺から逃げるように。
『陽向』
　昼休みになり、陽向の机へと近づくと、陽向は俺と目が合うなりビクッと肩を強張らせた。
　あきらかに俺を怖がってる感じ。
　え？　なんだよ……？
　俺、なんかした？
『さっきから、どうしたんだよ？　俺のこと避けたりして』
　その答えを知りたいだけなのに、陽向は困惑したように視線を泳がせる。
『ど、どうもしないよ？』
　でもそのトーンと自信のない声から、嘘をついてるのはミエミエで。
　陽向、やっぱりヘンじゃね……？
『み、水飲んでくるっ……』

だから、嘘下手すぎ。
　俺から逃げるように走りだそうとした陽向の腕を、ぐいっとつかんだ。
『あ、安堂くんっ……？』
『ちょっと来て』
　陽向の腕を引き、俺は教室を出た。
　だれもいない音楽室で、俺たちは向かい合わせで立っていた。
　問いつめるような形で、うつむく陽向をじっと見つめる。
『陽向、顔あげろよ』
　すると、おずおずといった感じで、ゆっくり顔をあげる陽向。
　その顔は不安な色に染まっていて。
『今日の陽向、ヘンだよ。なんかあった？』
　すると、陽向はまたうつむき、今にも消え入りそうな声を出した。
『……怖くて……』
『え？　怖い？』
　俺、陽向が怖がるようなこと言った覚えないけど……。
　いや、もしかしたら気づかないうちにそんな態度を取っちゃってたとか？
　不安になって再び視線を向けると、陽向が顔をあげた。
『……っ』
　俺は思わず息をのんだ。
　陽向が……大きな瞳にあふれんばかりの涙を溜めて、唇

を震わせていたから。
　睫毛が不安げに揺れるたび、目に溜まった涙は今にもこぼれ落ちそうになる。
　それは、いつもニコニコ笑う陽向とはかけはなれすぎていて。
『陽向……』
『別れてって言われるんじゃないかって思ったの……』
　陽向が、小さく声をふるわせてつぶやいた。
『え……』
　ドク……とイヤな音を立てて心臓が反応した。
『安堂くんはどんな女の子でも、付き合ったら３日でつるって聞いたから……。それに、ほかの女の子と付き合っちゃうんじゃないかって不安で……』
『……っ』
　いっぱいに溜まっていたキレイな涙が、ぽろぽろと陽向の頬を滑り落ちていく。
『でも私、安堂くんのこと大好きだから……別れたくなくてっ……。ずっと、一緒にいたいの……っ』
　……あんなにもまぶしく笑っていた陽向の笑顔を曇らせたのはだれ？
　だれでもない……俺だ。
　俺、最低じゃん。
　好きな子を不安にさせて泣かせて……。
　守りたいものは、たったひとつなのに。
『……陽向、ここで待ってて』

俺は陽向にそう言い残し、音楽室を走りでた。
　たくさんの想いをかかえて廊下を走りぬける。
　"好き"――その感情を俺は知らなかった。
　今まで遊んできた女たちの口からポロポロと出るこの言葉に、一度も温もりや愛を感じたことはなかった。
　それはたぶん、俺がすべての関係を遊びだと割りきっていたから。
　心から好きだなんて想うことは、バカらしいと思ってた。
　……でも、ちがう。
　俺はだれかを愛することから逃げていただけなんだ。
　愛した相手に離れていかれるのが怖くて。
　母親にされたように、いつか捨てられるのが怖かったんだ。
　でも、今は逃げたくない。
　この気持ちを真正面に受け止めたい。
　陽向に……陽向に出会えたから。
　愛から逃げるより、リスクを冒してでも愛されたいと思う。
　それに、陽向は俺を捨てたりしない、そう強く信じられるから。

『陽向！』
　俺は音楽室に戻るため走ってきた勢いそのままに、音楽室のドアを開けた。
　窓際のイスに座りこちらを振り返った陽向は案の定、俺の姿を見るなり目を見開いた。
『あ、安堂くん!?　どうしたの、そのほっぺ……！』

陽向が驚くのもムリはない。
俺の左側の頬は赤々と腫れていたから。
俺はその答えを告げるよりも先に、手に持っていたスマホのディスプレイをバッと陽向に向けた。
『これっ』
『え……？』
ディスプレイには、たったひとつ陽向のアドレスだけが表示されている。
『今、ほかの女たちとの関係絶ってきた。それに、アドレスも消してきた』
『……っ』
その中の数人にビンタされたから頬が腫れてるわけだけど、胸の痛みに比べたら全然痛くなかった。
これは、俺なりのけじめ。
『……俺、連絡先交換して嬉しかったのは陽向だけだよ』
陽向の瞳が見開かれ、またジワジワとうるんだ。
俺の足は自然と動きだしていた。
陽向のもとへ、まっすぐに。
『もう女たらしとかやめる。本気で好きな子ができたから』
『え……？』
陽向の前に立つと、陽向は眉を下げ今にも泣きだしそうになりながら、それでもそらさずに俺を見つめる。
もう、この気持ちはきっと揺れることなんてない。
『もう陽向しかいらない』
『あん、ど、くん……っ』

そのとたん、陽向の涙がぽろぽろと流れ落ちた。
『俺、陽向に本気で恋してもいい？』
『……うん、うんっ……』
　泣きながら何度もうなずく陽向がたまらなく愛おしくて、俺は陽向を抱きしめた。
『陽向、好きだよ……』
『私も……っ。私もだよ。安堂くんのことがだれよりも好き……っ』
　泣きながら紡がれる陽向の言葉に、頬がゆるむのがわかった。
　俺は抱きしめる腕の力をゆるめて、向き合う体勢へと陽向の体を誘導する。
　そっと涙をぬぐってやると、陽向ははにかみながらも微笑んだ。
　俺の大好きな笑顔だ。
　俺はそっと陽向の頭の後ろへと手を回し、そして唇を重ねた。
　やわらかくて甘くて、また、あぁ好きだと思った。
　唇をそっと離すと、陽向の顔は茹でダコみたいにまっ赤に染まっていて。
『キ、キスとか、初めてだから……その、下手クソだったらごめんね……』
　頬を赤らめながら発せられたその言葉は、俺の理性を崩壊させるには十分すぎるほどだった。
　マジで天然つえぇ。

あー、もう歯止め利かなそう。
　俺は赤くなった陽向の耳に口を寄せて、そっとささやく。
『いいよ、俺がキスを教えてやるから』
『なっ……！』
　陽向がなにか言おうとする前に、俺は陽向の唇をふさいだ。
『んっ……』
　キスなんて慣れてないのに、一生懸命応えようとしてくれる陽向がすごく愛おしくて。
　角度を変えて、何度もキスを落とした。
　とろけるくらいに甘く、優しいキスを。
　愛してるって、唇を通して伝えるように。
　なんとか理性を働かせ唇を離すと、陽向は息を乱しながら、崩れ落ちるように俺の胸に倒れ込んできた。
　慣れないくせに、頑張ってくれたんだなー。
　そう思うとまた愛しさが込みあげてきて彼女をぎゅっと抱きしめる。
『ねぇ。もう１回したいんだけど』
『もう今日はダメッ！　私、心臓爆発しちゃうから！』
『じゃあ明日』
『も、もうっ！』
　頬をぷーっと膨らませる陽向が可愛くて、抱きしめる力を強めた。
　これまでの俺からは、今の俺の気持ちも行動も全然想像もつかないんだろうな。
　それくらい心底陽向にホレてるんだって、あらためて強

く感じる。
　あぁ、幸せだ。
　きっと、今、この世で一番幸せだと思う。
　ぜったい離したりしない。
　このとき、俺は誓ったんだ。

キミから"俺"が消えた日

　それからの俺たちは、本当に幸せな日々を送っていた。
　教室で会うたびに目配せをして、昼休みは屋上でふたりでお弁当を食べた。
　いつの間にか、陽向が俺のことを"叶翔"って呼ぶようになった。
　陽向に呼ばれるそれが、すごく心地よかった。
　休み時間には、だれも見てないところで何度もキスをしたりした。
　デートもたくさんした。
　新しくできた、シュークリームがおいしいカフェに連れていくと、陽向は目を輝かせてすごく喜んだ。
　同じ高校を受験するために、俺は今まで縁のなかった勉強に本気で取り組みはじめた。
　一緒に図書館にも通った。
　だからふたり揃って志望校に合格したときは、陽向泣いて喜んでたっけ。
　陽向のいる日々は優しい光をまとい、輝いていた。
　俺たちの間には笑顔が絶えなかったんだ。
　そして、同じ時を刻むたびに、もっともっと陽向を好きになっていった。
　天然で鈍感で心配性で泣き虫で、たまにすごくおっちょこちょいで。

そんな陽向が、心から好きだった。
だけど、運命は思わぬ方に転がりだしていた──。

それは、もうすぐ付き合って１周年を迎えようという、春休みのある日のことだった。
その日はひどく冷え冷えとしていたことを、よく覚えてる。
桜のライトアップがキレイなスポットを調べた俺は、陽向をデートに誘い、待ち合わせ場所の駅前に立っていた。
なにを見に行くかは内緒にしてるから、陽向の反応が楽しみすぎる。
目をキラッキラと輝かせて、喜ぶかな。
そんな陽向を想像すると、思わず頬がゆるんでニヤける。
ヤベェ、俺キモいじゃん。
油断しないように顔に力を入れ、陽向の到着をひとり待った。
だけど、いっこうに陽向は現れない。
最初は、おっちょこちょいの陽向のことだから忘れ物でもして家に戻ってるんだろう、なんて考えてた。
からかい半分で、
『今度は、なんの忘れ物したんだよ（笑）』
とメールを送る。
でも暗くなっても、どれだけ大勢の人が目の前を通り過ぎても、俺が待つたったひとりのキミは来ない。
もう、待ち合わせの時間から、１時間がたっていた。
さっきのメールの返信も来ない。

陽向のことだから、遅くなるなら連絡くらいしてきそうなのに。
　妙な胸騒ぎを覚えた。
　次第に大きくなる不安の闇は、俺の心をすっぽりと覆った。
　……なにかあったんじゃ？
　そう考えると心臓がイヤな音を立てて暴れだし、俺は陽向のスマホに電話した。
　しかし、電話は通じることなく虚しい機械音を鳴らし切れるだけ。
　陽向……。
　居ても立ってもいられなくなり、陽向の家へと急いだ。
　だけど、陽向の家には明りひとつ灯されていなくて。
　ガランとして、人気のない家。
　もちろん、チャイムを押しても反応が返ってくることはなくて。
　なにが起こってんだよ……。
　陽向との連絡手段は、これで完全に途絶えてしまった。
　どうすることもできず、そして自分の無力さに絶望を感じながら、俺は帰路についた。

　次の日。
　昨日は横になっても、ほとんど一睡もできなかった。
　俺には、陽向が無事であることを祈ることしかできなくて。
　そんな状況にも焦燥感が募っていくばかり。
　なにも手がつかないまま、昼を迎えようとしていたその

とき、突然スマホが鳴った。

　着信の相手は……陽向だ。

　無事だよな？　無事なんだよな？

　あせる気持ちを抑えて電話に出ると、聞き慣れない声が耳に届いた。

『……もしもし、叶翔くん？』

　……陽向じゃない。

『え？　あ、はい……。あの、どちら様ですか？』

『陽向の母親です』

『え……？　おばさん……？』

　なんでおばさんが？

　違和感を口に出す前に、おばさんにショッキングすぎる事実を突きつけられた。

『陽向、昨日あなたに会いに行く途中で事故に遭ってしまって、しばらく病院に入院することになったの……』

『え……？』

　頭をドカンと殴られたような衝撃。

　心臓が不協和音を奏でて暴れだし、息苦しくなる。

　陽向が事故？　嘘だろ……？

『陽向は？　陽向は無事なんですか!?』

『あ、あぁ、事故と言っても、陽向は元気なの。そう。大丈夫だから』

　おばさんはあせっているのか、早口でそう言った。

　自分に言い聞かせるように。

『だから、お見舞いとか来なくて大丈夫だからね……？

えぇ、そうして……?』
　それはまるで、俺が会いに行くのを拒絶するような言い方だった。
　そして、一方的に終わらせられた会話。
　――ツーッ、ツーッ……。
　俺はその場に立ちつくし、電話が切れたあとの音を聴いていた。
　電話の機械音がこんなにも冷たいものだということを、俺はこのとき初めて知った。
　陽向は無事なんだと、それがわかったというのに、胸の中を覆うモヤモヤはいっこうに消えてくれなくて。
　……陽向。
　頭に浮かぶのはその笑顔だけで。
　お見舞いには来なくていい、そう言われたけど。
　……くそ。
　会いに行かないなんて、そんなのムリだっつーの。
　やっぱり居ても立ってもいられなくて、俺は家を飛び出していた。
　病院に行く途中、陽向の好きなピンク色の花でまとめられた花束を買った。
　この花束を見て、少しは元気になるといいな。
　病院に着き、受付で陽向の部屋番号を聞く。
『飛鳥さんの病室番号は、304号室ですね』
　304号室……。そこに陽向はいる。
　早く会って、無事な姿をこの目で確かめたい。

あせる気持ちを抑え、花束をしっかりとにぎりしめると、入院病棟へと向かった。
『なに心配させてんだよ、おっちょこちょいだな―陽向は』
『退院したら、デート行こうか。陽向の行きたいとこにしよ』
　なんて、陽向にかける言葉を頭の中で考えながら3階に上がり、304号室を探しはじめたそのとき。
　廊下の向こうに、見たことのある人影を見つけた。
『あっ……』
　こちらに歩いてくるその子は、まちがいなく陽向だ。
　よかった、元気そうだ……。
　こっちに向かってくる陽向に、花束を示すようにそれを胸の前に持ちあげる。
　そして、
　陽向！
　そう呼ぼうとした。
　だけど、その声は、口を出る前に体の中に吸い戻される。
　――陽向が俺の横を通りすぎた。
　まるで、俺なんか見えてないというように。
『………え………？』
　情けなく発された声は、かすれてだれにも届くことなく消えていった。
　陽向とはいる世界がちがうのではないか、今俺はこの世に存在してないのかもとさえ思った。
　だってキミは、
『叶翔のキャラメル色の髪、好き！　遠くから見ても叶翔

のことひと目でわかるよ』
　前にそう言った俺の髪に見向きもしないで、俺の横を通りすぎたんだ。
　俺なんか知らないというように。
　待って、と呼び止めたかった。
　でも、突然ぽんと頭に浮かんだひとつの疑念が体を動かすことを拒絶した。
　……まさか。
　呆然として立ちつくす俺の肩に、トン……となにかが置かれた。
　はっと顔をあげると、そこにはおばさんが立っていて。
『叶翔くん……』
　今にも泣きそうな苦痛に歪んだおばさんの顔を見て、これは夢なんかじゃないということをイヤでも悟ってしまった。

『陽向は、事故で頭を打った衝撃で、あなたに関する記憶をすべて失ってしまったの……』

　そのあと、おばさんの口から紡がれたその真実はあまりにも残酷で、受け止めきれるわけもなくて。
　病院を出た俺は涙を流すことさえできなかった。
　今、いったいなにが起こっているのだろう……。
　陽向が俺のことを忘れる？
　どういうことだよ、それ……。

そんなのありえない。
　だって、一昨日会ったときはあんなに嬉しそうに俺に向かって笑いかけてたじゃん……。
『叶翔』
　ただ呆然と歩いていたそのとき、そう呼ぶ陽向の声が聞こえた気がして。
　でももうそんなことはないのかもしれない、と気づいてしまって。
『……くそっ……』
　俺の心は渦巻く悲しみに襲われた。
　ふいに、病院でおばさんが言っていた言葉を思い出す。
『無理やり記憶を取り戻すようなことをすると、脳にすごく負担がかかってしまうんですって……』
　おばさんが次に告げるだろう言葉は、容易に想像できた。
『だから、陽向と付き合っていた今までのことは、なかったことにしてほしいの……』
　そう。陽向のことを思えば、それが当たり前だ。
　なのに、なんでこんなに胸が痛い？
　あぁ、やっぱりダメだ。理解できない。
　いや、理解したくない。
　俺は、すっかり闇に染まった空を見あげた。
　空には、雲が覆っているせいかどこを探しても星なんて輝いてなくて。
　ねえ、陽向……。
　俺は、一等星が照らしてくれなきゃ存在できないんだ

よ……。
陽向、陽向……。
届くはずのない声で、俺はキミの名を呼び続けた。

決意

　それから俺は、毎日病院にピンクの花束を持っていった。
　だけど、陽向の顔は見ずに、花束を看護師さんに預けるだけの日々。
　病室の前に立つと、足がすくむんだ。
　陽向に他人の目で見られるのが怖くて。
　俺を知らない、その事実と直面することがやっぱり怖くて。

　そんな日々を繰り返していたある日、俺は陽向の自宅の部屋にいた。
　陽向の部屋にある俺との思い出のものを取りに来てほしいと、おばさんに頼まれたから。
　前に陽向の部屋に来たときはあんなに楽しかったのに、今はもう、どんな感情も抱けない。
　なにかを考えることも思うことも、やめてしまったかのように。
　ダンボールにまとめられていた荷物を持ち、部屋を出ようとして、なにげなく勉強机に目を向けたとき、そこに置いてある1冊のアルバムを見つけた。
　なんだ、これ……？
　手に取ってみると、カラフルに装飾された表紙には
『叶翔＆陽向　1周年』
　と、よく見慣れた陽向の字で書かれている。

『今、付き合って１年の記念日に渡すプレゼント一生懸命作ってるんだ！』

　前に陽向がそう言っていたのを思い出した。

『喜んでくれるといいな〜！』

　嬉しそうに俺の顔を見あげ、陽向は笑ってた。

　これが、きっとそのプレゼント……。

　俺は力ない手でゆっくりとページをめくり、

『……っ』

　息をのんだ。

　そこには、たくさんの陽向と俺の写真が貼られていたから。

『はしゃぎまくった夢の国』

『お腹いっぱいになりながら、ふたりで食べた特大チャーハン』

『お化け屋敷を出たあと号泣する私と、それをからかって笑う叶翔』

『私が作ったコーヒーゼリーを頬張る叶翔』

　デートでの写真も日常の中の写真も、どのページにも幸せそうな陽向と俺がいっぱいで。

　なんだよ、これ……。

『すっげぇ笑ってる……』

　そして最後のページを開くと、そこには手紙が貼られていた。

　陽向からの手紙……。

　深呼吸をして、俺は便箋へと視線を落とした。

叶翔へ。

付き合って、もう1年がたつんだね。

あっという間すぎて、実感湧かないよ(笑)

でも叶翔との毎日は、とにかくずっと笑ってた気がする。

毎日楽しくて、本当に幸せです。

叶翔はカッコよくてモテモテだから、私なんかがとなりにいていいのかなって、たまに思っちゃうけど、叶翔を好きな気持ちはだれにも負けない自信があるの。

叶翔を幸せにしてあげられるような人になるのが、今の目標なんだ(^^)

いつも私のとなりにいてくれてありがとう。

そして、これからもこんな私のとなりにいてください!

叶翔、だーい好きだよ!!

これからもよろしくね♪

陽向より

『……うっ……』

気づけばポタポタと涙が紙の上に落ちていた。

それと同時に、今まで胸の奥で疼いていた感情が、ダムが決壊したかのようにあふれだす。

『……陽、向……っ。なんで事故になんか遭ってんだよ……。なんで俺のこと忘れてんだよ……っ。ずっととなりで笑ってろよ……。ずっと俺のこと好きでいろよ……っ。俺は、俺は今だって、こんなにも好きなんだよ、バカッ……』

涙なんて流したのは、物心ついてから初めてかもしれない。
　なのに、それは止めどなく頬を伝う。
　あんなに笑い合ってた日々が、泡のように一瞬にしてなにもかもなくなった。
　名前を呼んでくれることも、好きだって言ってくれることももうないんだってことが、たまらなくツラくて悲しくて。
　……まだ涙を流し続けている瞳を閉じ、キミを想った。
　思い浮かぶのは、いつだってまぶしいあの笑顔で。
　たとえキミが記憶を失っても、俺の気持ちはやっぱり変わらない。
　それは、陽向を好きな気持ち。
　だから、どんなにツラくても悲しくても、俺が選ぶべき道はひとつ。
　それは、俺の前に記された一本の道。
『ねぇ、叶翔。もし生まれかわって、お互いのこと忘れちゃったとしても、また好きになってね』
　ふいに、付き合っていた頃の陽向の言葉が頭の中で再生された。
『……このままでいいわけない』
　決めたじゃん、俺。
　ぜったい陽向のそばにいるって。
　なに、うじうじしてんだよ、かっこわりぃ。
　陽向とまたやり直すことはできるじゃん。
　ゼロからでも。

すべてを失ったわけじゃない。
　一緒に過ごした日々を陽向が忘れても、俺が全部覚えてるから。
　――もう一度、はじめましてから始めよう。
　陽向の告白から始まった関係。
　でも今度は、俺が陽向を追いかける番だ。
　天然で鈍感な陽向のことだから、振り向かせるのは時間がかかるかもしれない。
　それでも俺、ぜったいあきらめないから。
　長期戦だって、やってやろーじゃん。
　ぜったい好きにさせてやる、もう一度。
　俺は決心を固めるように、涙をぬぐった。

『はじめまして』

『……好きです。入学したときから安堂くんのことが好きでした。付き合ってください……！』

『……ごめんね』

　あの日、俺は高校に入学してから20回目くらいの告白を受けていた。もちろん、答えはNOだけど。

『わかった……。聞いてくれてありがとう……』

　その子がそうつぶやき、俺に背を向けて走りだしたとき、俺の視界に体育館の物陰に隠れる人の姿が映った。

　……あれ、もしかして。

　驚きは強い期待へと変わっていく。

　俺が、まちがえるわけねぇし……。

　物音を立てないように近づき、そして確信した。

　あぁ、やっぱり陽向だ。

　そこには、しゃがみ込む陽向がいた。

　久しぶりに姿を見られたそのことに、言葉にならないほどの嬉しさが込みあげる。

　俺から会いに行こうと思ってたのに、偶然とはいえ、まさか陽向の方からこっちに来るなんて。

　陽向の前にしゃがみ込むと、俺の気配に気づいたのか、陽向が顔をあげた。

　その瞳は徐々に開かれ、そして驚きに染まった瞳に俺を映した。

久々の再会だっつーのに、なんて顔してんだよ。
　でもそれはまちがいなく陽向で。
　俺を忘れてしまったこと以外なにも変わらない、大好きな陽向で。
　もう、その瞳に映る俺は完全に他人だけど……。
　陽向を前にするとやっぱり愛しさが込みあげる。
　なつかしさと切なさが交錯（こうさく）して、でもそれを必死に抑えて、俺は声をあげた。
『はじめまして』
『は、は、はじめまして……』
　そう、ゼロからのスタートだ。
　でも、ちゃんとはじめましてと言えた。
　今、上手に笑えてるかな、俺。
　笑顔、引きつってないかな。
『俺の名前は安堂叶翔。キミの名前は？』
『わ、私は、飛鳥陽向です……っ』
　初対面の俺に緊張してる陽向が可愛くて、本当は抱きしめたい。
　好きだって言いたい。
　陽向って名前を呼びたい。
　だけど、陽向にとって俺は、"今出会った男の子"。
　それなら"安堂くん"を演じてやる。
　ふたりで過ごした１年分の記憶は胸の中に。
　いろんな感情を押し込めて、俺は口を開いた。
『……じゃあ、俺と友達になってよ』

もう一度繋がった心

　記憶がそこまで巻きもどされたとき、突然再び目の前がまっ白な光に包まれた。
　さっきまで目の前に見えていた陽向はどこにもいなくて。
　きっと、俺はもうダメなんだと本能的に悟ってしまう。
　もう一度会いたかったけど、ムリみたいだ。
　まっ白な世界の中であきらめかけた。
　と、そのときだった。
「叶翔……っ！」
　そう呼ぶ声が聞こえたのは。
　それは、愛おしい人の声で。
　ずっと待っていた。
　ずっと願っていた。
　君がもう一度、俺の名前を呼んでくれることを。
　ツーっと、涙が瞳からこぼれたのがわかった。
「叶翔!?　叶翔！」
　もう一度聞こえた声をたどるようにして、俺は瞳を開いた。
　まだぼんやりとする瞳に映ったのは、愛しくてたまらない、
「……陽、向……」
　陽向がベッドに横たわる俺の手をにぎり、涙を流していた。
「待たせてごめんね……っ。思い出したよっ、全部……っ」
　あぁ、ホント？　ホントに……？
「よ、かった……」

ポロッとまた俺の頬を涙がこぼれ落ちた。
「……なぁ、陽向……」
「ん……？」
「……好きって、言って……？」
　その言葉が、たまらなくほしいんだ。
　また心が通じ合えたことがすごく幸せで──。
　陽向は涙を流しながら、俺に愛の言葉をくれた。
　それはどんな言葉よりも優しい言葉。
「好きだよ……。だれよりも、叶翔のことを愛してる……」
　それに答えるように、俺はひと言ひと言を噛みしめながら、キミへの想いを紡いだ。
「俺も、ずっとずっと……愛してる……」

　もう、見逃したりしない。
　鮮やかにまぶしく輝き続ける道標(みちしるべ)を。
　そう、それは俺だけの一等星。

書籍限定番外編
俺のことだけ見てろよ

時にすれちがうこともあるけど
やっぱり私は──

キミと、ケンカ

【陽向side】

　天気予報の週間天気をほとんど雨マークが占拠してしまう、そんな6月。

　せっかく、今日はめずらしく朝から太陽が顔を出してカラッとした陽気だというのに。

　空模様とは相反して、私の心にはどんよりと黒い雲がかかっていた。

「陽向ー、安堂くんと仲直りしなくていいの？」

　子どもをなだめるような言い方のなっちゃんに、私は机に突っぷししたまま言葉を濁した。

「うぅー……」

　そう、叶翔とケンカをしてしまったんだ。

　でも今回は、ぜったい許せないもん……。

　事の発端は、昨日のこと。

　私は放課後、なっちゃんとふたりでショッピングを楽しんでいた。

　2年生になり、叶翔とはまた別のクラスで、柊くんともクラスが離れてしまったけど、なっちゃんとはまた同じクラスになれたんだ。

　6時を迎えた頃、ショッピングセンターから外に出ると、

空はもう薄暗さをまとっていた。
『暗くなってきたし、そろそろ帰ろうか。明日も学校があることだし!』
『うん!』
　なっちゃんの提案に、私もうなずく。
　夢中になっていたせいで、時間がたっていたこと、ちっとも気づかなかったな。
『なっちゃん、今日はありがとう。とーっても楽しかったよ!』
『うふ、それ私もだから。じゃあ、気をつけて帰るんだよ?』
『うん、なっちゃんもね!』
　帰る方向が逆な私となっちゃんは、そこで別れた。
　めいっぱい遊んで弾(はず)んだ気持ちのまま、私はひとり自宅に帰る道を歩く。
『はぁ～、なっちゃんとのショッピング楽しかったなぁ!』
　とくになにも買ってはいないけど、友達とお店を見てまわる、それだけでも十分すぎるくらい楽しいんだよね。
　また行きたいなぁ、なんて考えながら、曲がり角を曲がったときだった。
　ルンルンと軽くスキップをしていた私は、思わずその足を止めていた。
　だって、曲がり角で死角となっていたすぐ目の前で、男女が抱き合っていたから。
　しかも、私の足音に気づいて、こちらを向いたのは——。
『叶翔……』

そう、だれでもない、私の彼氏で。
　私と目が合うと、一瞬にして叶翔の顔にあせりの色が広がり、あわてて抱きしめていた女の人の体を離す。
『なんで……』
　どうして、叶翔が女の人を抱きしめてるの……？
　と、女の人がキレイにカールされた髪を揺らし、ゆっくりとこちらを振り返る。
　その人の顔を見た瞬間、私ははっと息をのんだ。
　だって、それは中学のときの養護教諭の桜先生だったから……。
　桜先生の顔にも広がる、困惑とあせりの表情。
『飛鳥さん……』
　なんで叶翔と桜先生が……？
　たくさんの疑問も言いたい言葉も浮かぶのに、喉が締めつけられてしまったように声が出ない。
『陽向、ちがう、これは、』
　叶翔の弁解に、耳を傾ける余裕なんかなくて。
　ぐわんぐわんと目の前の景色が揺れる。
　もう……なにも信じられない。
　やっと声が出たかと思えば、私は叶翔に向かってひどい言葉を放っていた。
『叶翔なんか……。叶翔なんか、もう知らないっ……！』

　……というわけで。
　あのあと、叶翔の制止の声も耳に入らず、あの場から立

ち去ってしまった私。
　だって、一刻も早くあの場から逃げだしたかったんだもん……。
　昨日のことを思い出して、また大きなため息をつく。
　……叶翔のバカ。
　私と付き合ってるのに、ちがう女の人と抱き合ってるなんて。
　あれって、浮気ってやつだよね……。
　しかも、相手は桜先生。
　中学の頃から、親しいんだなとは思っていたけど、卒業してからも会っているなんて知らなかった。
　とっても大人で、私にはない魅力があって。
　叶翔は、ああいう大人な女の人がタイプなのかな……。
　私なんかより、桜先生の方が好きになっちゃったのかな……。
　考えれば考えるほど思考が負の方へと引っぱられて、しゅううんと縮んでいく気持ち。
「陽向に一途な安堂くんが、浮気みたいなことするかなぁ」
　私の机の前に立っているなっちゃんは、腕を組んで考え込んでいる。
「でも見ちゃったんだもん……」
　昨日目の当たりにした光景が、今でも鮮明に頭の中にこびりついてる。
　忘れたいのに、そう思えば思うほど忘れられなくて。
　今はもう、なにも考えられないよ……。

仲直りの方法、模索中

【叶翔side】

　完っ全にやってしまった。
「ぜってぇ陽向に嫌われた……」
　学校に向かう通学路。
　後悔に満ちた俺のつぶやきは、だれに届くこともなく、梅雨だというのに青く晴れた空へと吸い込まれていった。
　昨日の放課後、桜ちゃんを抱きしめているところを最悪のタイミングで陽向に目撃された。
　あのあと何度も電話したけど出てくれることはなく、朝も一緒に登校するはずが、陽向は先に学校へ行ってしまった。
　しかも桜ちゃんを助けたとき、足ひねって捻挫したし。
　とまぁ、すべてが悪い方向に向かってしまったこの状況。
　陽向とケンカするということが、こんなにもしんどいことだとは思わなかった。
　100%俺に非があるとはいえ、ホント限界……。
「はぁ……」
　歩道を歩きながら、大きなため息をついたとき。
「あーんどうっ！」
　バシッと突然背後から肩をたたかれ、俺のこの状態と相反した明るい声がかけられた。
「いってぇ……」

どう考えても、肩をたたく力加減まちがえてるっつーの……。

ジンジンと痛む肩をさすりながら振り返ると、そこにいたのは。

「早良……」

よ！っと手をあげ、こちらに満面の笑みを向ける早良柊。

ホント、いつでもこいつは底抜けに明るいな……。

なんの縁か、俺は２年のクラス替えで早良と同じクラスになった。

それから２か月たった今ではもう、俺にとって心を許せる友達になっていた。

なにがどうなるかなんてわからないものだなと、早良と俺の関係を考えると感じる。

「そんな大きなため息ついて、どうしたんだよ」

となりにまわりながら、俺の顔をのぞき込む早良。

話すのもしんどいけど、早良になら話してもいいか……。

コイツのことは信用してるし。

「陽向に誤解されたんだよ」

「誤解？」

「昨日、中学の頃親しかった先生と久々に再会してさ。話しながら歩いてたらその先生が転びかけて、それを助けようとしたら、抱き合ってるみたいな体勢になったわけ。で、ちょうどそのタイミングを陽向に見られたんだよ」

そう、あれは完全なる不慮の事故。

ヒールをアスファルトの凸凹に引っかけた桜ちゃんが転

びかけたのを、俺が抱きとめただけ。
　とはいえ、あの瞬間だけを見た陽向が誤解するのは当然だと思う。
　昨日の陽向を思い出す。
　俺を見た瞬間、大きく見開かれた瞳はみるみるうちにショックの色に染まって……。
　ホントなにやってんだろ、俺。
　一番大切な存在を傷つけた。
　陽向にはずっと笑っててほしい、そう思ってるのに、俺があんなツラそうな顔させた。
　なんとかして弁解しなきゃいけないんだけど、徹底的に避けられてるから八方塞がりってわけで。
　陽向がこんなに怒るのは初めてだ。
　いつもニコニコしてる陽向が、こんなに怒るなんて。
「そりゃ大変だったな」
　俺に哀れみの目を向ける早良。
「どうすればいいんだろ……」
　早く誤解を解いてやりたい。
　こんなとき、どうすればいいんだろう。
　好きだからこそ、どうしてやるのが陽向にとって最善なのか考えて、わからなくなる。
「それは、安堂が陽向ちゃんのことを心から愛してるってこと、行動で証明するしかないんじゃない？」
　歩きながら頭の後ろで手を組んだ早良が、ぽんと助言を放った。

行動で証明……？
「その様子だと、言葉じゃダメなんだろ？　それなら行動あるのみ！」
「行動、か……」
「そうだよ、行動！　そのままボケーッとしてると、陽向ちゃんあっという間に取られるぞ？」
　陽向がほかの男に、取られる……？
　は？　そんなの、ぜってぇイヤだ。
　なにがなんでも阻止してやる。
　昨日のことで、完全に嫌われた。
　でも。
「俺、陽向のこと振り向かせてみせる。俺の気持ち証明する、行動で」
　俺の陽向への気持ちだけは、揺れないから。
　また陽向が俺に笑いかけてくれるなら、なんでもしてやるよ。

持久走大会で、キミは

【陽向side】

　朝のSHRが終わり、ロッカーから体操着を出そうと廊下に出たとき、向こうから歩いてくる叶翔と目が合った。
　そのとき、叶翔は、なにか言おうとしていた。
　だけど私はサッと目をそらして、教室の中に逃げ込んじゃった。
　叶翔への怒りもあるけれど、今はそれよりも恐怖心の方が勝っていて。
『もう気持ち冷めた。別れよう』
　そう言われるんじゃないかって、怖いの。
　だから、避けることしかできない。
　このままじゃいけないのはわかってる。
　だけど、向き合ったら別れを受け止めなくちゃいけなくなってしまいそうな気がするんだ……。
　どんよりと重い気持ちは少しも晴れることなく、これから行われる持久走大会を迎えていた。
　学年ごとにいっせいに走りだす、この持久走大会。
　女子は学校の外周を、男子は外周に加えさらに遠くまで走る。
　もともと運動得意じゃないのに、こんな気分での持久走大会はもっとイヤだなぁ……。

体操着に着替え、あまりの憂鬱さに校庭のどまん中でため息をついていると。
「陽向、頑張ろうね！」
　となりで楽しそうにストレッチをしているなっちゃんに声をかけられた。
「なっちゃん、やる気満々だね」
「そりゃあね！　上位に食い込みたいし！」
「おお！」
　なっちゃんは運動神経抜群だし、女子の部で１桁の順位もねらえると思うな！
「陽向は？　一緒に上位を目指そうよ！」
「わ、私!?」
　想定外の提案に、私は顔の前であわてて手を振る。
「私はムリだよ、持久走は大の苦手だし……！　私はゆっくり走ってるから、なっちゃんは上位目指して頑張って？」
「そう……？　私は陽向と走りたかったのになー！」
　ちょっぴり不服そうに唇を突きだすなっちゃん。
　いくらなっちゃんのお誘いでも、こればっかりはごめんね……！
　私なんかと走ってたら、なっちゃんの上位入賞は夢のまた夢になっちゃう！
　申し訳なさにいたたまれなくなって、苦笑いを浮かべながら視線をそらしたそのとき。
　視界の先に飛び込んできたのは……。
「叶翔……」

叶翔、持久走大会出るんだ……。
　出るなんて知らなかった。
　中学の頃から、「めんどうだから」って一度も参加したことなかったのに……。
　相変わらず、女子たちから熱い視線を一身に集めている叶翔。
　でもそんな視線をちっとも気にする様子もなく、真剣なまなざしで靴紐を締めている。
　たった1日言葉を交わさなかっただけなのに、もう長い間会えてなかった気がするよ……。
　叶翔は今、なにを考えているんだろう……。
　少し歩みよれば手が届く距離。
　なのに、心はずっと遠くにいる気がして。
　叶翔のことを見ていると胸が切なさでいっぱいになって、ふいっと視線を再び前方に向けた。
　逃げたくないけど、やっぱり勇気が出ないよ……！

　それから間もなく、2年女子スタートの合図が鳴り、みんながいっせいに走りだした。
「じゃあね、陽向！　またゴール地点で！」
「う、うん！」
　別れを告げると、すごい勢いで走って行ってしまったなっちゃん。
　やっぱり早いよ！
　もう、どこにも姿見えないし！

私なんかゴールできるかすらも危ういっていうのに……！
　あっという間に大勢に抜かれ、気づけば2年女子の中でも最後尾近くになっていた。
　相変わらずの体力のなさに、自分でも苦笑いが込みあげてくる……。
　と、後ろから大勢の走ってくる足音が迫ってきた。
　こ、これはもしかして、男子たち!?
　ひゃーっ！　女子から5分遅れでスタートした男子にも抜かされちゃうなんてーっ！
　必死に走っていると、タッタッと近づいてくるひとりの足音。
　そして抜かされた瞬間、その人の横顔が視界の端に映った。
　え……叶翔……？
　叶翔がふいにこっちに視線を向けた。
「……っ」
　バチッと交わった視線。
　額に汗を浮かべた叶翔が、キツさに顔を歪めながらも、ニッと微笑んだ。
『み、て、ろ、よ』
　口の動きが、そう読みとれて。
「え……？」
　目を見開いた次の瞬間にはもう、叶翔は走り去っていた。
　さっきの、どういう意味……？
　叶翔……。

「はひ〜、疲れた〜」
　ヘロヘロになりながら、やっとのことでゴールした私。
　結局、2年女子の中では下から数えた方が早いという残念な順位になってしまった。
　これでもだいぶ追いあげたんだどなぁ。
　ゴールした頃にはもう昼休みの時間になっていて、終わった人から制服に着替えている。
　みんなに遅れを取りながらも制服に着替えた私は、疲れで重くなった足を引きずりながら教室へと向かう。
「陽向！」
　教室へと続く廊下を歩いていると、後ろから声をかけられた。
　振り返ると、そこに立っていたのはスポーツドリンクを片手に持ったなっちゃん。
「なっちゃん！　お疲れ！」
「がんばったね、はいどうぞ！」
「わぁ、ありがとう！」
　キンキンに冷えたスポーツドリンクを手渡され、カラカラに渇いていた喉を潤す。
「聞いて、陽向。私ね、2年女子の中で7位だった！」
「ええっ！　すごいよ、なっちゃん！　おめでとー！」
　120人中7位なんて、すごすぎる！
　ゴールの瞬間、この目で見届けたかった……！
　と、なっちゃんがなにかを思いついたように目を見開くと、ぶんぶんと手を振りまわした。

「そんなことより！　安堂くんが男子１位だったんだよ！」
「え？　叶翔が？」
　さっきの、すれちがいざまの叶翔を思い出す。
　"みてろよ"って……１位になることを、って意味だったの……？
　あんなに必死に走ってた叶翔。
　陸上部だっていっぱいいるのに……。
　ぐるぐると叶翔のことを考えていると、なっちゃんの「あ！」という声に、現実に戻された。
「そういえば、ゴールした人は先生に言いに行った方がいいみたいだよ！　先生、名簿にチェックつけてたから」
「そうなんだ。じゃあ行かなきゃだ！」
「荷物持ってるから、いってらっしゃい」
「ありがとう！」
　飲みかけのスポーツドリンクと体操着を入れたバッグをなっちゃんに預け、私は先生のことを捜しにまた歩きだした。
　先生どこだろう……。職員室かなぁ。
　さっきまではもう動かないってくらい重かった足も、いつの間にか軽くなっていて。
　今なら、もっと速く走れた気がするなぁ。
　なんて呑気なことを考えながら階段を下り、１階にある職員室に向かって廊下を歩いているときだった。
　職員室の手前――保健室から話し声が聞こえてきたのは。
「もう、安堂ってば無茶しすぎだから！」
「うっせーよ」

これは……叶翔と柊くんの声!?
反射的に、保健室前の壁に身をひそめる。
なんでふたりが保健室に……?
「捻挫してるくせに1位とか頑張りすぎ。ほら、足もっと腫れてるじゃん」
捻挫……?
叶翔、捻挫しながら走ってたの?
柊くんの声によって明かされる真実。
と、つぶやくような叶翔の声が聞こえてきた。
「足なんてどうなってもよかったんだよ」
「なんでそんなに無茶したの?」
「陽向にカッコいいとこ見せたかったんだよ……。そしたら、また俺の方振り向いてくれるかもしれねーじゃん。少しでも可能性があるなら、賭けるしかないし」
「ふっ。ほんと、安堂ってイケメンなくせに不器用だよなー」
「どういう意味?」
「陽向ちゃんは、自分のために安堂が走ってくれてたなんて知らないんだよ? だったら、校内放送で想い伝えるとか、そういう派手なことすればいいのにさー」
「余計なお世話だっつーの」
それからのふたりのやりとりはもう、頭の中に入ってこなかった。
頭の中が叶翔のことでいっぱいで。
叶翔、まだ私のこと好きでいてくれてるの……?
じゃあ、なんで桜先生のことを抱きしめてたの……?

浮かんでくるのは、疑問符ばかり。
　でも、叶翔が私のために走ってくれた、そのことが胸を熱くして。
　叶翔は、中学の頃からそうだった。
　自分のことなんかよりも、相手のことを優先する。
　だれかのためには、自分の身も顧みずムチャするの。
　ふいに頭に浮かんだのは、あの日のこと。
　あれは、桜の花が頭上をピンク色に染める、中学３年生になったばかりの春──。

* * *

『でね、彼氏が帰り際にハグしてくれたんだ〜』
『わぁ〜』
　登校中、私は同じクラスの友達、リカちゃんの恋バナに胸をときめかせていた。
　リカちゃんにはひとつ先輩の彼氏さんがいて、私にこうしてたくさんの恋バナを聞かせてくれた。
　彼氏さんの話をするときのリカちゃんは、本当にキラキラして可愛いんだ。
　まわりにパッとお花が咲いてるみたいで。
　そんなリカちゃんを見てると、私まで幸せな気持ちになれちゃうの。
『陽向ちゃんも、好きな人とかいないの？』
　首をかしげたリカちゃんの問いかけに、私はぽつりとつ

ぶやいた。
『好きな人、かぁ……』
　好きな人は、今までできたことがない。
　でも、まわりでは付き合っている人がいる友達が多くなってきて、憧れている気持ちはあるんだ。
　リカちゃんが立ちどまり、私の両手をギュッと握りしめた。
『陽向ちゃんも、きっとすぐ彼氏できるよ！』
『そうかな？』
『うん、ぜったい！』
　ニコッと、チャームポイントのえくぼを見せて笑ったリカちゃんが歩きだす。
　リカちゃんがそう言ってくれると、なんだか勇気もらえちゃうなぁ。
　私も歩きだそうとした瞬間、通学や通勤で賑わう町の中で、見慣れた学ランを着た男子の姿をみつめた。
　あのキャラメル色の髪の彼は……安堂くんだ。
　女子から大人気の安堂くんとは、この４月から同じクラスになった。
　カッコいいからモテモテなのはわかるけど、じつはチャラチャラした感じが苦手だったり……する。
　学校は反対方面なのに、なんでこっちに歩いてくるんだろう。
　というか安堂くんの背中には、お婆ちゃん……？
　安堂くんは、私たちには気づいていない様子で。
　行き交う人々の中、数メートル離れたところを歩く安堂

くんとすれちがう瞬間、安堂くんとお婆ちゃんの会話が聞こえてきた。
『悪いねぇ、あたしが足を挫いちゃったばっかりに。見ず知らずのあたしを助けてくれるなんて……』
『全然いーよ。ばーちゃんの家まで送っていくくらい』
『学校は？　遅刻しちゃうんじゃないかい？』
『今日、休校だからだいじょーぶ』
　安堂くん、足を挫いちゃったお婆ちゃんをおぶってるんだ……。
　今日、休校なんかじゃないのに。
　お婆ちゃんを心配させないために、優しい嘘ついた……。
『陽向ちゃん、ぼーっとしてどうしたの？　学校早く行かないと、遅れちゃう！』
　ふいに数メートル先に立ち、こちらを振り返ったリカちゃんに声をかけられ、私はハッと我に返る。
『な、なんでもないっ！』
　安堂くんのことが気になったまま、でも、そのときはなにもできず後ろ髪を引かれる思いで私はリカちゃんのもとへと駆けた。
　それから遅刻して学校に来た安堂くんは、遅刻した理由を先生に話すことはなくて。
　自分が怒られるであろうことをわかっててて、お婆ちゃんを助けた安堂くん。
　チャラチャラした見た目とはちがって、本当は温かい人なのかもしれないな……。

その日を境に、私は安堂くんのことを目で追うようになっていた。
　もっと知りたいって思う気持ちは、もっと近づきたいって気持ちに変わって。
　安堂くんのことが好き。
　そのことに気づくのに、あまり時間はかからなかった。
　そして数日後、意を決して告白したらOKしてくれたんだよね。
　……そうだ、私は叶翔のそんなところを見て、好きになったんだ……。

＊＊＊

「──あれ、陽向ちゃん？　こんなところでどうしたの？　体調崩しちゃった？」
　頭上から突然声が降ってきて、回想にふけっていた私の意識が現実世界へと引きもどされた。
　顔をあげると、保健室から出てきた柊くんが驚いたように私を見下ろしていて。
「柊くん……！　ううん、なんでもないよ！」
　保健室の前に立っていたから、きっと柊くん、私が体調崩して保健室に来たと思ったんだ。
　誤解を解くように、柊くんに笑顔を向ける。
　思い出にひたってたせいで、柊くんが保健室から出てきたことにぜんぜん気がつかなかったな……。

「そっか、ならよかった！　……あ、そういえば安堂、足ケガしちゃっててさ」
　なにも言ってないのに、柊くんが突然、叶翔の話を切りだした。
「桜先生って人が転びそうになったのを助けようとして抱きとめたら、捻挫したんだって」
「え……？」
　"転びそうになったのを助けようとして、抱きとめた"……？
　それって……あの日のこと……？
　思わぬ言葉に、私は目を見開き柊くんを見あげた。
　柊くんは、意味ありげな笑顔を浮かべていて。
「あ、そうそう、ついでに言うとね、その桜先生って人は既婚者らしいよ？」
「え……？」
　桜先生、結婚してたの？　知らなかった……。
「安堂なら中にいるよ」
　そう言って保健室を指差す柊くん。
　ホント、柊くんはなんでもお見通しなんだな……。
　１年たっても、柊くんにはちっともかなわないんだ。
「ありがとう、柊くん……」
「ううん！」
　叶翔に今すぐ会いたい。
　会って、謝りたい……っ。
　それまで感じていた怒りも恐怖心も、今ではもう跡形も

なく消えていて。
　叶翔に会いたい一心で、私は保健室へと足を踏みいれる。
　数歩歩くとすぐ、窓際に立ち校庭を眺める愛しい背中が目に飛び込んできた。
「……っ」
　その瞬間、抑えていた愛しさが、つかえが取れたようにあふれ出して。
　考えるよりも早く、私はその背中に抱きついていた。

その瞳に映るのは

【叶翔side】

　ぎゅっと背中から回された腕。
　……え？
　突然すぎて、抱きしめられているこの状況を理解しきれなかったけど。
「叶翔……」
　弱々しくも俺の名前を呼ぶその声に、体が本能的に愛しさを感じた。
「陽向……？」
　顔は見えないけど、今俺のことを抱きしめているのは、まちがいなく陽向で。
　どうしたのか聞こうとする前に、ぎゅっと俺を抱きしめる腕に力がこもった。
「叶翔、ごめんね……。私、叶翔と桜先生のこと勘ちがいしてたの……」
「え？」
　"勘ちがい"って……。
　ついさっき保健室を去っていった、早良が頭に浮かんだ。
　アイツ……きっと誤解を解いてくれたんだ……。
「事情も聞かないで、勝手に怒ってごめんね……」
　心から後悔しているように謝る陽向の手の上に、そっと

手を添える。
　陽向が謝る必要なんて、これっぽっちもねぇのに。
　だけどそんな心の優しい彼女を、こんなときに不謹慎かもしれないけどやっぱり好きだと思う。
「俺が悪いんだよ。誤解させるようなことしてごめん」
　ふるふると首を横に振る陽向。
「ねぇ陽向。陽向の気持ちも怒りも全部、俺にぶつけて？」
　中学の頃付き合ってすぐ、約束したことがある。
『言いたいことがあったら、我慢しないで相手に言うこと』
　相手を想う気持ちにいつの間にか隠れてしまっていた、この約束。
　俺、全部受けとめるから、不満もなにもかも吐きだしてほしい。
　陽向も約束を思い出したのか、俺の背中に額を当てながらうつむいた。
　そして、ポツリポツリと弱々しい声で気持ちを吐きだす。
「私、すごく悲しかった……。モヤモヤして、桜先生の方が叶翔に合ってるんじゃないかって不安になった……。叶翔がほかの女の人を見てるかもしれないってことが、イヤだったの……」
　陽向……。
「ねぇ、体離して？」
　おそるおそるといったように、陽向が抱きしめている手をゆるめた。
　体が解放されるとすかさず俺は振り返り、陽向の腕を引

いて、その体を覆うように抱きしめた。
　彼女への愛しさを味わうように、ぎゅっと手に力を込める。
「えっ？」
　俺の腕の中で驚きをみせる陽向。
　でももう、限界だから……。
　こんな風に陽向が自分の気持ちをさらけだしてくれたのは、きっと初めてで。
「陽向にこんなに思われるなんて、俺幸せばっかりもらって、バカになりそう……」
　まっすぐにぶつけられた陽向の素直な言葉が、俺の体も頭の中も熱くしていた。
「……っ」
「ごめん、俺の気持ち伝えきれてなくて、不安にさせて」
　陽向が不安になったのは俺のせいだ。
　でも、だれよりも大事に思ってるよ。
　こんなにだれかを好きになれるなんて、知らなかった。
　付き合いだして、俺に大切なことを教えてくれた陽向。
　俺のことを忘れても、また好きになってくれた陽向。
　また思いが通じ合って、たくさんの笑顔を俺に向けてくれる陽向。
　どの陽向も大切で愛おしくて。
　その存在が俺の宝物だから。
「陽向以外の女とどーこーなる気なんて微塵もない。陽向以上に好きになるヤツなんて、今までもこれからもいねぇよ」

「叶翔……」
　これだけは、ぜったいに揺るがない想い。
「でも伝えきれてないなら、もう自分の気持ち抑えんのやめる」
　陽向の全部がほしい。
　陽向を俺でいっぱいにしたい。
　本当はそれくらい強く想ってるけど、想いの丈(たけ)が釣り合ってなかったらって、そんな不安から伝えきれてなかったのかもしれない。
　ゆっくりと体を離すと、陽向の頬に手を添えた。
　熱い視線が混じり合う。
　俺を見あげる、陽向のうるんだ瞳。
「叶翔……」
　好きって気持ちがあふれて止まらなくて、俺はキスを落とした。
　好きだって想いが伝わるように。
　もう、不安になんてさせてやらねぇから。
　そっと唇を離すと、陽向をまっすぐに見つめる。
「俺の全部陽向にやるよ。言ったじゃん、俺はもう陽向のものだって」
「……っ」
　かぁぁっと顔を赤くする陽向。
　なんだよ、その可愛すぎる反応は……。
「私も……私もね、叶翔のこと好きって想い、毎日膨れてっちゃうの。叶翔、好き。だれよりも、世界で一番大好き」

「俺も」
「えへへ」
　陽向がやっと笑った。
　こぼれんばかりの笑顔が、俺の目に映る。
　久しぶりに笑い合えた、そのことがたまらなく嬉しくて。
　と、そのとき。
　――キーンコーンカーンコーン。
　幸せな空気を遮るように、チャイムが鳴った。
　それは、午後の授業開始まであと10分をだということ知らせる予鈴。
　ったく、もう昼休み終わりかよ。
　陽向も壁にかけられた時計を見た。
「また離れ離れになっちゃうのかぁ。……やだなぁ」
　しょんぼりと放たれたつぶやきは、破壊力抜群で。
　眉を下げ悲しげな表情を浮かべていた陽向は、ムリヤリ笑顔を作った。
「でも……しょうがないよね。さみしいけど、行ってくるね」
　そう告げて教室へ戻ろうとした陽向の手を、俺はつかんでいた。
　まだ行かせたくなくて。
「その前にもう１回抱きしめさせて？」
「叶翔……」
　陽向が顔をまっ赤にさせて、遠慮がちに手を広げる。
「うん……。ぎゅーって、して……？」
　まさかの要望返しかよ。

小首をかしげ、照れているせいか熱を帯びた瞳で俺を見つめる陽向。
　あーもう、なんでこんなに可愛いんだよ、俺の彼女は。
　陽向のくせに惑わせんなっつーの。
　手を引き、その小さな体をまた腕の中にすっぽりと収めた。
　すると、背伸びをしてぎゅうっと俺の体を抱きしめ返す陽向。
　そして。
「ふふ、叶翔にぎゅーされるの好きだなぁ」
　なんて、天然爆弾をまた投下する。
　本人はいたって素直なところが、ホント重罪。
　はぁ……。
　学校だからなんとか理性保ててるけど、耐えるのも、そろそろツラすぎる。
　理性を失わないように戦っていると、気づけば授業開始の時刻があと数分にまで近づいていて。
　このまま離したくねぇな……。
　教室に戻ったら、当然クラスには男がいるわけで。
　見えない男子たちに俺のだってことを示すように、抱きしめる手に力を込める。
　ほんと、陽向は隙ありまくりだから心配になる。
　陽向のことになると、気が抜けないんだよな。
　まぁ、これもホレた弱みだけど。
「なぁ、陽向」
　耳もとで名前をささやく。

「ん？　なぁに？」
「これからもずっと、」
　ずっととなりにいたい。
　そして、だれよりも愛おしいキミの瞳に映るのが、俺だけでありたい。

「俺のことだけ見てろよ」

あとがき

みなさん初めまして、SELENです。

このたびは『好きになれよ、俺のこと。』をお手にとってくださり、本当にありがとうございます！

陽向と叶翔の物語はいかがだったでしょうか！
一見小恥ずかしいタイトルですが、叶翔の強く切ない想いを込めることができて、お気に入りです♪

この作品は、ピンクもブルーも全部詰め込みたい！という考えから生まれ、叶翔が抱える秘密は一番最初から決まっていました。読者さまにあっと驚いてほしいな、少しでも感動してもらえたらいいなという気持ちが大きく、更新速度の遅い私にしてはスラスラと書けた記憶があります。

陽向は、荒れに荒れていた叶翔の心もあっという間に溶かしてしまう、名前の通り温かく陽だまりみたいな女の子を目指して書きました。そして叶翔は、実は構想時、ほぼ180度と言ってもいいほどキャラが違いました。いつもニコニコな草食系男子の予定だったんです。でもちょっとパンチが足りないな……ということで今の叶翔になったのですが、チャラ男にして良かったと満足しています！（笑）

ふたりの恋は苦難の連続でした。でも、お互いを想い合う気持ちが強かったからこそ、奇跡が起きたのだと思います。
また、この作品は『第10回日本ケータイ小説大賞』で、

優秀賞という光栄すぎる賞をいただくことができました。編集作業が終わり、あとがきを書いている今もまだ夢を見ているようです。

　この作品には、幸せなことに多くの感想をいただきました。そのお言葉ひとつひとつに感動し励まされ、言葉の持つ力をあらためて感じました。優秀賞受賞は読者様のお力なくては、成し得ませんでした。1ページでも読んでくださった方、感想を送ってくださった方、応援してくださった方、本当にありがとうございました！

　最後に、この作品が書籍になるまで多くの方々にご尽力いただきました。優しく私を導いてくださった、担当編集者の飯野さま。私の拙い文をよりよいものとなるよう編集してくださった、須川さま。もったいないほど素敵な表紙と挿絵を描いてくださった、加々見さま。素敵なカバーに仕上げてくださったデザイナーさま。スターツ出版の方々。そして、こんな私を応援してくださる読者のみなさま。感謝してもしきれません。野いちごを通して得たたくさんの出会いが、私の人生の財産です。

　この作品が、心の片隅にほんの少しでも残ってくれたら、それ以上の幸せはありません！

　読んでくださったあなたに、心から感謝を送ります。

2016.6.25　SELEN

この物語はフィクションです。
実在の人物、団体等とは一切関係がありません。

SELEN先生への
ファンレターのあて先

〒104-0031
東京都中央区京橋1-3-1
八重洲口大栄ビル7F

スターツ出版(株)書籍編集部 気付
SELEN先生

好きになれよ、俺のこと。

2016年6月25日　初版第1刷発行
2019年7月20日　　　第4刷発行

著　者	SELEN
	©SELEN 2016
発行人	松島滋
デザイン	カバー　金子歩未（hive&co.,ltd.）
	フォーマット　黒門ビリー&フラミンゴスタジオ
DTP	株式会社エストール
編　集	飯野理美
	須川奈津江
発行所	スターツ出版株式会社
	〒104-0031　東京都中央区京橋1-3-1　八重洲口大栄ビル7F
	出版マーケティンググループ TEL03-6202-0386
	（ご注文等に関するお問い合わせ）
	https://starts-pub.jp/
印刷所	共同印刷株式会社
	Printed in Japan

乱丁・落丁などの不良品はお取り替えいたします。上記出版マーケティンググループまで
お問い合わせください。
本書を無断で複写することは、著作権法により禁じられています。
定価はカバーに記載されています。

ISBN 978-4-8137-0112-5　C0193

ケータイ小説文庫　2016年6月発売

『サッカー王子と同居中！』 桜庭成菜・著

高校生のひかるは、親の都合で同級生の相ケ瀬くんと同居することに！　学校では王子と呼ばれる彼はえらそうで、ひかるは気に入らない。さらに彼は、ひかるのあこがれのサッカー部員だった。マネになったひかるは、相ケ瀬くんのサッカーへの熱い思いを感じ、惹かれていく。ドキドキの同居ラブ！

ISBN978-4-8137-0110-1
定価：本体 570 円＋税

ピンクレーベル

『キミを想えば想うほど、優しい嘘に傷ついて。』 なぁな・著

高2の花凛は、親友に裏切られ、病気で亡くなった父のことをひきずっている。花凛は、席が近い洸輝と仲よくなる。明るく優しい洸輝に惹かれていくが、洸輝が父を裏切った親友の息子であることが発覚して…。胸を締めつける切ないふたりの恋に大号泣！　人気作家なぁなによる完全書き下ろし!!

ISBN978-4-8137-0113-2
定価：本体 570 円＋税

ブルーレーベル

『君の世界が色をなくしても』 愛庭ゆめ・著

高2の結は写真部。被写体を探していたある日、美術部の慎先輩に出会い、彼が絵を描く姿に目を奪われる。今しかないその一瞬を捉えたい、と強く思う結。放課後の美術室は2人だけの場所になり、先輩に惹かれていく結だけど、彼は複雑な事情を抱えていて…？　一歩踏み出す勇気をくれる感動作！

ISBN978-4-8137-0114-9
定価：本体 580 円＋税

ブルーレーベル

『絶叫脱出ゲーム』 西羽咲花月・著

高1の朱里が暮らす【mother】の住民は、体内のICチップで全行動を監視されていた。ある日、朱里と彼氏の翔吾たちは【mother】のルールを破り、【奴隷部屋】に入れられる。失敗すれば命を奪われるが、いくつもの謎を解きながら脱出を試みる朱里たち。生死をかけた脱出ゲームが、今はじまる！

ISBN978-4-8137-0115-6
定価：本体 570 円＋税

ブラックレーベル

書店店頭にご希望の本がない場合は、
書店にてご注文いただけます。